Im Land der unbegrenzten Möglichkeiten

Das Gehirn ist ein Wunderwerk der Natur. Die Neugierde und die Fantasie, die Vorstellungskraft, die von diesem Organ ausgehen sind die Grundlage der menschlichen Entwicklungsgeschichte. Werkzeuge und Waffen sind erste Kreationen. Die Landwirtschaftliche Revolution, der technische Fortschritt machen die Welt zum Untertan. Es denkt sich Verhaltensregeln aus und sozialisiert. Es musiziert. Aber das Gehirn schafft auch geistige Welten, Mythen, Märchen, es erklärt Religionen und philosophiert. Und es denkt über sich selbst nach. Versteht das Bewusstsein, dringt ein in das Unbewusste, die Träume und die Erinnerungen und erkennt, dass es mehr als eine Wirklichkeit gibt.

Emily, die Tochter eines Töpfers aus Pennsylvania, konstruiert ihre eigene Wirklichkeit, um den Tod ihres Bruders zu überwinden. Sie lernt viel über die Töpferei, über die Natur und die Naturgesetze, über die Geschichte der Menschen. Aber viel wichtiger ist, dass sie lernt ihre Fantasie zu benutzen, denn nur in ihrer Fantasie wird die Zukunft Wirklichkeit. Nur die Fantasie kann den Tod überwinden.

Ernst Ludwig Becker, geb. 1957, studierte Biologe in Marburg, Darmstadt und in den USA. Er arbeitete in verschiedenen Berufsfeldern und engagierte sich in ökologischen Projekten im Ausland. Heute schreibt er Bücher und unterrichtet in Teilzeit an einer Grundschule. Mit den Kindern erforscht er ihre Umwelt und die Natur. Dabei fanden sie auch schon erloschene Reste von Sternschnuppen und waren bei einer der Exkursionen ganz in der Nähe des Nordpols. So nebenbei führt er sie auch behutsam in das digitale Zeitalter ein und stellt fest, dass er da noch viel von ihnen lernen kann.

Ernst Ludwig Becker

# Im Land der unbegrenzten Möglichkeiten - eine Hommage an die menschliche Vorstellungskraft

www.tredition.de

© 2020 Ernst Ludwig Becker

Verlag & Druck: tredition GmbH, Halenreie 40-44, 22359 Hamburg

ISBN:

Paperback   978-3-347-11982-6
Hardcover   978-3-347-11983-3
E-Books     978-3-347-11984-0

Coverbild: E. L. Becker with permission by Micheal Holter

Für Jack Troy
The Potter

Imagination is a creative force.
You have to learn to use it.


und für Erik

Von den Sternen kommen wir,
zu den Sternen kehren wir zurück,
von jetzt bis in alle Ewigkeit.

Wenn ich einmal sterbe,

wenn ich einmal richtig Tod bin,

werde ich mich, -

werdet ihr euch daran erinnern.

"Fantasie ist wichtiger als Wissen, denn Wissen ist begrenzt."

„Fantasie ist alles. Es ist die Vorschau auf die kommenden Ereignisse des Lebens."

"Die Logik bringt dich von a nach b, die Vorstellungskraft bringt dich überall hin."

Albert Einstein

# Präludium

Der Herbst ist für mich die Herrlichste der vier Jahreszeiten. Natürlich schätze ich auch den Sommer, wenn ich im erfrischenden und belebenden Fluss baden kann und auch der Frühling überrascht mich immer wieder mit seiner vielfarbigen Blütenpracht und dem Erwachen allen Lebens. Aber es ist der Herbst, der meine Sinne am unbeschreiblichsten erregt, mich und meine Seele am mannigfaltigsten berührt. Es ist der Herbst, den ich liebe. Wenn die Blätter sich verfärben, wenn die vielen roten, rötlichen, gelben und bräunlichen Farben und Farbtöne die Bäume verzieren, ganze Wälder in ein golden strahlendes Landschaftsgemälde verwandeln und die göttlichen Farbenspiele die sanften Haine der Hügel überziehen. Die aufgehende Sonne vertreibt den Morgennebel, der über dem Fluss und dem Garten schwebt und lässt die Ahornbäume in goldgelben und purpurroten, zarten Licht erstrahlen. Der Herbst ist die Zeit, in der sich die Natur auf den Winter vorbereitet, die belaubten Bäume das lebenspendende Blattgrün für das nächste Frühjahr aufbewahren. Die Tage werden langsam kürzer, die Abende mild und klarer und ich kuschele mich gemütlich ein, bei dem Schein einer Kerze und einem guten Buch. Dann genieße ich noch einmal den wundervollen Tag mit seinem blauen Himmel, ziehe noch einmal in Gedanken durch den farbenprächtigen Wald und ahne den Geruch des Laubes, das langsam zu Boden fällt und das selbst die schlafende Wiese in meinem Garten bedeckt und den Weg verziert, der zu meinem gläsernen Gartenhäuschen führt. Das Haus, in dem ich jetzt wohne, hat eine himmlische Lage an einem breiten, sanften Fluss und tagsüber kann ich die schwarz-weißen Lastkähne beobachten, die mit Erde beladen zur fernen Verladestation fahren. Am Ufer, das teils mit kugelförmigen Weidebüschen und aufrechten, hochgewachsenen Pappeln bewachsen ist, habe ich auch einen Steg bauen lassen, an dem ein Boot angebunden ist, falls ich einmal auf die andere Seite in eines der historischen Städtchen übersetzen will und eine sichere Stiege führt ins helle Wasser, in dem ich mich in den heißen Sommermonaten treiben lassen kann. Dann sitze ich auch oft auf meiner Bank, mit einer Tasse Tee und schaue über das Wasser und erhole mich von unserem Streifzug in unserem nahe gelegenen Wald, erhole mich von einer langen Reise in die Geschichte, - habe Zeit und Muße zum Beschauen und Nachdenken. Höchstwahrscheinlich mag ich jetzt diese Jahreszeit noch mehr, weil ich in einem Lebensabschnitt bin, den auch wir den Herbst des Lebens nennen. So wie die vier Jahreszeiten ein Sinnbild für unser ganzes Leben veranschaulichen. Das Frühjahr, die Zeit unserer Kindheit und Jugend, in welcher noch alles wächst und blüht und sich entfaltet, der Sommer, in dem die Früchte wachsen, die Ähren reifen und die Ernte eingefahren wird, der Herbst, der noch einmal alle Blätter zum Leuchten bringt, der auf das Ende vorbereitet und du letztendlich wie ein Blatt zu Boden fällst, um im Winter unter der kalten, harten Erde zur Ruhe zu kommen. Nur, dass es keine Winter mehr gibt.

# I.  Akt

## Erster Satz  *adagio*

Vielleicht mag ich den Herbst aber auch, weil ich in den Wäldern des William Penn aufgewachsen bin, verständlicher gesagt, im Staate Pennsylvania in den Vereinigten Staaten von Amerika. Von den bunten Wäldern der „Rolling Hills," ich meine ersten Kindheitserinnerungen an die Indian Summer in mir trage, die sonnigen Altweibersommer, wie wir sie in Deutschland nennen, die warmen Tage im Herbst, im Autumn oder Fall, wie es im Englischen heißt, mit dem strahlend blauen Himmel. Tage, an denen ich mit meinen Eltern und meinem Bruder durch die Gehölze hinter unserem Blockhaus streifte, in dem zum Teil undurchdringlichen Buschwerk, den abwechselnden Birken, Eichen und Ahornbäumen, dem Zuckerahorn, von welchem wir einen unvergesslichen Sirup herstellten, den wir über unsere Butterpfannkuchen gossen. Kindheitserinnerungen. Erinnerungen, gefüllt mit starken Emotionen. Ich kann nicht sagen wie alt ich damals war, aber es sind Bilder oder Geschehnisse, an die ich mich in jüngster Kindheit erinnern kann, die mit einem Erschrecken oder kurzen Schock verbunden sind, indem ich etwa, neugierig wagend, den Schraubenzieher in die Steckdose steckte und ich im ersten Moment nicht verstand was mit mir geschehen war, nachdem dieser heftige Ruck durch meine Arme rollte und ich die Hände, wie im Reflex, blitzartig in die Höhe riss.

Oder der Tag, an dem ich mir die Hand verletzte, als ich mit dem großen Einmachglas voller Pfirsiche auf der Treppe stürzte. Dann sehe ich die Treppe und unser Haus vor mir, die Steintreppe, die nur wenige Stufen von unserem Vorratsraum nach draußen führte, sehe die scharfen Glasscherben mit dem klitschigen Nass und den gelben, weichen Früchten auf dem grauen Zement. Ich sehe wie eine rote Flüssigkeit zwischen meinem Daumen und dem Zeigefinger auf meine Handfläche rinnt und ich die Hand betrachte, als würde ich sie zum ersten Mal sehen, den abgespreizten Daumen und die vier Finger, die blass und weiß sich nach oben strecken, beobachte, wie die rote Flüssigkeit langsam, träge zur Mitte der Hand läuft, so wie die zähe Flüssigkeit vor mir auf der Treppe, die langsam die Stufe hinab und auf meine Füße sich zubewegt. Ich schrecke auf aus meiner Trance, spüre den Schmerz und beginne zu weinen und laufe vorbei an dem Scherbenhaufen, auf den Pfad mit rohen Steinplatten, zur Holztreppe, hinauf zur Porch, ein Vorbau oder eine Veranda, die entlang des Stockwerks sich befindet und auf welcher meine Mutter schon aus der Küchenschwingtüre mit dem Fliegengitter schaut und mir entgegenkommt.

Das Haus, in dem ich groß geworden bin, gehörte schon den Urgroßeltern meines Vaters, von denen noch zwei alte, bräunliche Fotografien am Ende der Treppe hingen, welche mir merkwürdigerweise gut in Erinnerung geblieben sind, vielleicht, weil ich ja täglich auf dem Weg zu meinem Zimmer an ihnen vorbei gehen musste, vielleicht auch, weil die Bilder in einer Höhe hingen, die mit meiner Größe korrespondierten und sie, die Ahnen, mit ihren Augen meinen Weg die Treppe hinauf und hinab beobachteten. Manchmal versuchte ich mich an ihnen vorbei zu schleichen, petzte die Augen zusammen und rannte die wenigen Schritte in mein Zimmer. Es mag sein, dass auch schon die Ur-Ur-Urgroßeltern oder deren Eltern mit dem Bau begonnen hatten, hier in Amerika ihr Domizil, ihr neues Heim aufbauen wollten, so genau konnte man das nicht mehr feststellen. Viele der Archivalien gingen verloren. Hier war es eine große Flut und in Deutschland hatte der Krieg und das Feuer die Dokumente zerstört.

Das Haus lag an einem seichten Hang, von welchem sich für viele Meilen der nahezu ursprüngliche Wald über die abgeschliffenen Hügel erstreckte. Der Wald, der nur sanft berührt wurde, in seiner Einzigartigkeit belassen, betreten von den Ureinwohnern, dem Volk des aufrechtstehenden Steines, die hier jagten, Waldfrüchte sammelten und welche vom Wasser der örtlichen Quelle tranken, wie ein paar verlorene Pfeilspitzen und Scherben von Tongefäßen in ihrer Nähe bezeugten. Der Wald, der wundersamer Weise verschont geblieben war und nur die Lichtung um das Grundstück und die Wiese frei geben musste. Das ursprüngliche Blockhaus wurde mehrfach erweitert und aufgestockt und schmiegte sich harmonisch zwischen die Bäume, die für mich wie Urwaldriesen emporragten. Die schweren, beidseitig behauenen und geschälten Baumstämme des Hauses, ruhten auf einem mit flachen Steinen aufgebautem Gewölbe, das in den Hang integriert war und als Lagerraum und Vorratsraum genutzt wurde, von welchem die besagten Treppenstufen hinaufführten. Die Stämme waren derart gelagert, dass große Zwischenräume entstanden, die, wie mir mein Vater erklärte, früher mit Moos oder Schafswolle ausgefüllt und abgedichtet wurden. Bei den Umbauarbeiten wurde nach und nach alles renoviert. Jetzt waren die rohen, dunklen Stämme mit hellem Mörtel ausgefugt und bildeten ein unterschiedlich breites Streifenmuster, was durch moderne, hellgrün gestrichene Fenster und die Küchentüre unterbrochen wurde. Sie umschlossen einen ansehnlichen, robusten Raum, den wir als gemeinsame Küche, Wohnzimmer und Esszimmer benutzten. Der neue Anbau bestand aus dem Schlafzimmer meiner Eltern, das eine abgetrennte Dusche und Toilette hatte und aus der vorgelagerten Treppe, die zu den drei kleineren Zimmern unter dem ausgebauten Dach und zu einem schlichten Bad mit Badewanne führte.

Die rosafarbene Badewanne. Ich sehe den blonden Lockenkopf, der über den Rand der Wanne ragt, mit strahlend blauen

Augen, mit strahlend, kindlichem Gesicht. Der begehbare Wandschrank unter der Schräge fällt mit wieder ein, der mit der Schiebetür, in welchem ich mich oft verborgen hatte, wenn ich mit meiner Mutter oder dem Vater Verstecken spielte. Oder der Lichtfleck, das helle Karree, mit dem grauen Schattenkreuz des Schiebefensters, das sich langsam mit der Sonne entlang der grünlichen Wand bewegte, während ich mit meinem Vater auf dem Bett lag und er mir eine Geschichte vorlas. Eigentlich Zeit für mein Mittagsschläfchen, aber es war dann er, der mit sanften Schnarchen neben mir einschlummerte. Als Mädchen interessierte ich mich unüblich wenig für Puppen, auch wenn ich einige besaß. Ich hatte ein Holzflugzeug, mit dem ich durch mein Zimmer flog, über das Bett und die Nase des schlafenden Vaters. Ich flog seitlich der sonnenbeschienenen Wand, bog nach links ab durch den Lichtstrahl, über dem Lichtstrahl entlang und auf die Topfpflanzen zu, die auf dem Schränkchen neben dem Fenster standen. Zwischen ihren herzförmigen oder ovalen, grünen Blättern konnte man traumhaft durch einen undurchdringlichen Urwald fliegen und von da ging es ab nach oben zu dem blauen Planeten, der auf meinem Bücherregal stand. Mein blauer Planet.

Viele der Erinnerungen kommen mir auch deshalb, weil die Geschichten oft erzählt wurden, weil sie öfters wiederholt wurden. Der Vater berichtete der Mutter mit einem Lächeln, dass er wieder eingeschlafen war, während meines gewohnten Nickerchens. Die Episode wird zum Spaß der ganzen Familie und bei manchem Familientreffen zum Besten gegeben. So sind mir die Geburtstage noch in guter Erinnerung, zumal dann viel gelacht wurde, die beschwingten, freudigen Emotionen meine Sinne schärften. Auch Grandma, Grandpa oder die Großeltern in Deutschland plauderten über ihre Kindheit, über ihre Eltern und was sie alles erlebt hatten. Und mit jeder Wiederholung prägten sich die Erinnerungen fester in ihr und unser und in mein Gedächtnis ein. Mit diesen Erinnerungen sind sie noch heute in mir lebendig. Ein Bild in meinem Fotoalbum, das meine Eltern für mich angelegt hatten, zeigt mich mit Adam, meinem jüngeren Bruder, auf der hölzernen Treppenstufe und ich halte Pax, unser erster kleiner, wuscheliger, graumelierter Puppy, unser geliebtes Hündchen in den Händen. Ich habe das Bild so oft gesehen, dass ich mir sicher bin die Szene selbst erlebt zu haben, dass ich noch die kleinen, samtenen Pfoten auf meinen nackten Beinen spüre, der kleine Kratzer in meiner Haut, als Pax sich stürmisch aufrichtete und mir mit seiner nassen Zunge das Gesicht abschleckte. Bilder von schönen Erinnerungen, die vielfarbig aufblühen, die sich weiter ausschmücken, leuchtender werden mit jeder Wiederkehr, der Schatz meines Lebens. Unvergängliche Erinnerungen, die mich immer wieder erfreuen, entzücken und begeistern. Die wie freundliche Geister in meinem Inneren wohnen. Adam sitzt an meiner Seite. Mit Pax. Wir hatten wunderbare Kindertage.

Ebenfalls neu war die Werkstatt meines Vaters oder das Studio, wie er es nannte. Mein Vater war Töpfer. Für ein paar Stunden die Woche arbeitete er am College und unterrichtete „Ceramics", die Kunst des Töpferns, denn die Arbeit mit dem Werkstoff Ton gehörte zu den Bildenden Künsten. Doch die meiste Zeit verbrachte er zu Hause mit uns oder in der Werkstatt. Diese war, wie das Wohnhaus, in die Anhöhe integriert. Die Südseite, die vom Hügel abgewandte Seite, bestand aus vier großen Glassegmenten, die den ganzen Raum erhellten. Durch sie hatten wir einen grandiosen Blick auf die Bäume, die hinter dem Fahrweg und vor der kleinen Waldwiese standen und welche im Sommer ausreichend Schatten spendeten, doch im Winter eine faszinierende Silhouette nachbildeten. Im Eingangsbereich standen ein paar verschlissene Sessel und eine Couch mit einem runden Couchtisch, vor dem ich oft kniend meine Bilder malte und Adam, die ersten Monate seines Lebens, in einem Ställchen vor dem sonnenbeschienen Fenster auf seinen Spielsachen kaute, mit diesen auf den Boden hämmerte, um sie dann in meine Richtung über das Gitter zu werfen und mit einem erwartungsvollem Aufschrei zu warten, bis ich das

Wurfgeschoss wieder zurück in den Laufstall befördert hatte. Eines der zahlreichen Spiele, die ihm besonders viel Freude machte und er es beständig wiederholte.

Manchmal fanden auch kleine, private Feste hier statt oder offizielle Meetings mit den Studenten aus Vaters Kursen, wofür eine zweckmäßige, kurze Küchenzeile ihre Dienste leistete. In der Mitte des Raumes stand ein bemerkenswerter, gusseiserner, grauer Holzofen mit einem Ofenrohr, das bis zur Außenwand reichte und so im Winter wohlige Wärme ausstrahlte. Vor dem hinterem Fenstersegment befand sich die Töpferscheibe, des Lichtes wegen, an welcher der Vater die Töpfe, Schalen, Tassen, Teller oder Vasen formte oder alles was ihm sonst noch in den Sinn kam.

Ungezählte Male hielt ich in meinen Kinderzeichnungen inne und beobachtete fasziniert, wie der Vater den Ton bewegte, ihn wälzte und knetete, ihn auf der kreisenden Scheibe zentrierte und formte und wie mit leichtem Druck und Zug, der Ton unter seinen Händen in die Höhe strebte und eine neue Form annahm. Ich sehe noch die blonden, lockigen Haare meines Vaters, die im Spiel des Lichtes über seine Stirn und Wangen fallen, die er mit dem Handrücken zur Seite streicht, die Hand, die wieder in ein Töpfchen mit Wasser taucht, die Finger benetzt, welche anschließend mit andächtiger Behutsamkeit den Rand des neuen Gefäßes einfassten, um diesem den letzten Schliff zu geben. Dann hielt er die Töpferscheibe an, betrachtete sein Werk von allen Seiten, bevor er es selbstzufrieden mit einem dünnen Draht von der Unterlage löste und auf ein Brett auf eines der Regale stellte. Getaucht in überirdisches Licht.

Zahlreiche Regale unterschiedlicher Größe waren entlang der Wände befestigt auf denen sich die erdfarbenen Gefäße, Tassen, Krüge, Vasen oder die kunstvollen Gebilde und Skulpturen zum Trocknen aufreihten oder auf ihre Weiterverarbeitung warteten. Vor den Regalen war ein rustikaler Tisch postiert, ein Werktisch, auf dem die unterschiedlichsten Objekte, Werkzeuge, Töpfe und

Schalen standen, die für die Bearbeitung der Tonwaren benutzt wurden. Eine bizarre Silhouette von Gegenständen, die sich mir als Kind, wie eine Kette von Bergen vor dem Licht der einfallenden Sonne abzeichnete.

Das Highlight meines Vaters aber war der kleine Raum, sein Elfenbeinturm, das Studierzimmer, welches freilich an der Nordseite des Gebäudes auf den Hügel hinausragte, dafür aber einen herrlichen Blick in den Wald erlaubte und durch diese Aussicht der Eindruck entstand, als wäre man mitten unter den Bäumen, eingebettet zwischen Stämmen und Ästen, Zweigen und Ranken, unter dem Dach der laubbedeckten Kronen. Dieser Raum inspirierte mich zu meinem nunmehrigen Gartenhaus, das fast vollständig aus Glas, mir den Blick in alle Himmelsrichtungen vergönnt. Und hier wie dort und er wie ich, lausche ich des Nachts auf die Laute der Tiere, wenn die trockenen Zweige des Todholzes unter den Streifzügen der scheuen Rehe knirschen, wenn das Flattern von Flügeln, das Rascheln von Blättern, das Fiepsen einer Maus oder andere rätselhafte, unheimliche, unbekannte oder vertraute Geräusche die Fantasie erregen. Gesichter von Kobolden, Gnomen und Geistern erscheinen auf den knorrigen, rissigen Rinden der Bäume, die im wandernden Licht des Mondes Grimassen schneiden und die Seelen der Toten lebendig werden lassen. Wenn fremdartige, traumhaft wundersame Tiere, Schlingpflanzen und Fabelwesen mit Pfeil und Bogen, mit maskierten Häuptern ihre Bildnisse vor meinem inneren Auge entfalten, welche in archaisch, ockerfarbenen Höhlenmalereien, um ein flackerndes Feuer tanzen. Bilder, aus Relikten der Vergangenheit, im Bewusstsein der Gegenwart, die in meinen Träumen weiterleben.

# Zweiter Satz *andante*

Ich war zwei Jahre und neun Monate alt, als mein Bruder geboren wurde. Ein Ereignis, an das ich mich gewiss noch gut erinnern kann. Die ganze Aufregung im Haus, am Abend, als meine Mutter zur Klinik musste, die Ledertasche gepackt werden musste, dass ein oder andere Kleidungsstück gesucht und verworfen wurde, wie der Vater mehrmals telefonierte. Wie die Mutter in ihrem lila, mit roten Bordüren bestickten Schwangerschaftskleid vor dem Geschirrschrank stand, mit nachhaltigen Blicken etwas wichtiges suchte und es nicht findet und sie mit plötzlich schmerzverzerrtem Gesicht den voluminösen Bauch umgreift, die Luft einatmet und hält. Ich sehe ihre geschlossenen Augenlider, die Lippen, fest zusammengepresst. Ein unbekanntes Gefühl von Sorge umschleicht mich, eine kindliche Anteilnahme, beim Anblick ihrer leidenden Miene und es ist das erste Mal, soweit ich mich erinnern kann, dass ich mich zu ängstigen beginne, ein Gefühl der Unruhe, ein Gefühl von Hektik wahrnehme. Das Geräusch der Schlüssel ist mir noch im Ohr, als der Vater die Tasche ergriff und zum Pickup eilte. Ich erinnere mich, wie ein beklemmendes Gefühl in mir aufkam, als er so nach draußen eilte und mich allein im Zimmer lies. Das erste Gefühl von Angst, der Angst allein zu sein, verlassen zu werden, den Vater und die Mutter zu verlieren. Gefühle, Eindrücke, Sinnesreize.

Wie erlöst und erleichtert war ich dann, als der Vater mich in die Arme nahm und auf seine Hüfte setzte. Allerdings nicht für lange Zeit, denn bald darauf wurde ich von Freunden des Vaters, wie mit ihnen besprochen, abgeholt und für die kommenden Stunden aufgenommen, was natürlich auch wieder aufregend war, da ich zum ersten Mal in einem anderen Haus übernachten musste, auch wenn ich die zwei Söhne der Freunde gut kannte. Das war schon ganz anders, schon unbehaglich, sich vor einer anderen Frau auszuziehen, beim Ausziehen helfen zu lassen und in einem fremden Bett zu schlafen oder nicht zu schlafen, denn so viele Eindrücke und Gefühle erregten meine ruhelosen Gedanken. Da war der ungewöhnliche Geruch des Hauses und der fremd wirkende Raum, der mir im Halbdunkel unheimlich wurde, die fehlende, vertraute Hand meiner Mutter, die mir über die Haare und die Wange strich, das Lachen meines Vaters vermisste ich und die vertrauten Geräusche aus der Küche. Das Gefühl der Verlassenheit kam wieder und beängstigte mich dermaßen, dass mir einige Tränen aus den Augen rannen. Die Bilder blieben mir deshalb sehr gut in Erinnerung, so begreife ich es heute, weil sie mit einem seelischen Kummer verbunden waren, so wie die körperlichen Schmerzen zuvor die Ereignisse in meinen Cortex eingraviert hatten. Die Dinge sind wichtig zu merken, die weh tun, damit wir sie vermeiden lernen.

Beim Frühstück gab es dann einen Streit zwischen den Brüdern wegen der Cornflakes und eine Glasflasche mit Milch fiel hinab auf den gefliesten Küchenboden, die eine Scharte in der Fliese hinterließ und ich war froh, als wir dann zum Krankenhaus fuhren und ich wieder bei der Mutter war. Mein Vater war die ganze Nacht bei ihr geblieben, da mein kleiner Bruder Adam erst in den frühen Morgenstunden auf diese Welt kam. Adam war auch der Name meines amerikanischen Großvaters und des Urgroßvaters, dem Great-Grandpa.

Es ist auch der Name des Menschen, den Gott zuerst erschuf. Er schuf ihn nach seinem Ebenbild. Gott schuf also den Menschen als sein Abbild, als Abbild Gottes schuf er ihn. Aus Erde. So haben wir es in der Kinderbibelstunde gelernt. Also müssten wir doch aussehen, wie Gott oder Gott sieht aus wie wir, hatte ich mich in kindlicher, unbewusster und unaufgeklärter Weise gefragt. Ob wir auch wie Gott denken oder fühlen, habe ich mich später gefragt oder er wie wir?

Als meine Eltern noch zur Kirche gingen, was sie nicht sehr oft taten, wurden wir Kinder während des Gottesdienstes in einem der Veranstaltungsräume im Seitenanbau der Kirche von einer kirchlichen Mitarbeiterin betreut. Die junge Frau, Shania, eine angehende Lehrerin, las uns aus einer Kinderbibel vor oder wir malten etwas oder wir bastelten. Sie las uns auch die Geschichte von Adam und Eva vor, vom Paradies, von der Entstehung der Welt, von dem Licht im Dunkel und dass das Licht der Tag war und dass die Erde sich mit Wasser füllte, mit den vielen Fischen und all den Kreaturen auf dem Land. „Und Gott der Herr machte den Menschen aus einem Erdenkloß, und blies ihm ein den lebendigen Odem in seine Nase. Und also ward der Mensch eine lebendige Seele." So steht es in der Bibel. Und blies ihm ein den lebendigen Odem in seine Nase. Und also ward der Mensch eine lebendige Seele. Eine lebendige Seele.

Wir hatten, abgesehen von einem alten, rostigen Pick-up Truck, den mein Vater für die notwendigen Transporte nutzte, einen roten, sportlich aussehenden Volkswagen, der auch wegen seines schrägen Hecks, Fastback genannt wurde. Mit diesem Wagen fuhren wir von unserem Haus in die Stadt und zur Kirche und vielleicht sind mir die Kinderstunden auch deshalb in guter Erinnerung geblieben, weil wir nach dem Gottesdienst immer zum Eiscafé gingen und ich mir einen Becher mit bunten Eiskugeln aussuchen konnte. Erinnerungen haben ihre eigene mysteriöse Dynamik.

# Interludium

Wie komme ich zu diesen Gedanken? Die Schöpfungsgeschichte, die Genesis, der Anfang, der Beginn der Zeit. Die Tren-
nung in Tag und Nacht, in Hell und Dunkel. Die Menschwerdung
aus einem Stück Erde, aus Ton, dem der lebendige Odem einge-
geben wurde. Adam und Eva im Paradies. Adam, der Name meines Bruders, der über viele Generationen weitergegeben wurde.
Vielleicht weil ich nun selbst in paradiesischen Verhältnissen
lebe? Weil der Geist, der durch seine Nase geblasen wurde, hier
ewig waltet? Der Geist, der ihm eingehaucht wurde, der über meiner bunten Blumenwiese schwebt, der sich um die Bäume windet
und in mein Gartenhaus schaut, der hier alles durchdringt, das
Wasser, die Luft, die Erde, den feuchten Lehm. Der Geist, der den
geformten Ton zum Leben erweckte? Der Geist, der gegenständ-
lich wurde, einen Körper bekam, zur lebendigen Seele wurde? Ist
der Mensch eine Manifestation der Seele, ein Erkennbarwerden,
ein Sichtbarwerden, eine Offenbarung des Geistes? Das biologische Pendant kosmischer Kräfte? Das Ebenbild Gottes? Er schuf
ihn nach seinem Ebenbild, als Metapher fleischgewordener Spiri-
tualität? Der Atem Gottes, der Hauch, der Odem, der ihm in die
Nase geblasen wurde und seinen ganzen Körper ausfüllt? Ist Gott
die Krönung menschlicher Inspiration oder der Anfang, der An-
beginn, die Geburt der Fantasie? Der Geist, der sich aus den Gedanken selbst erschaffen hat? Er ist unser Denken. Er ist das Ende
und der Anfang der Evolution. Er ist die Kraft, die jeden mit jedem und alles mit allem verbindet, in allem steckt. In allem, das
gewesen, in allem das noch kommen wird und allem, das nicht
ist.

# Dritter Satz  *con moto*

Auch das Volk oder die verschiedenen Völker, die früher in diesem Gebiet unserer kleinen Stadt in Pennsylvania lebten, viel früher, noch vor den ersten europäischen Siedlern hier lebten, glaubten daran, dass die Menschen aus Erde erschaffen wurden, erzählte uns Shania, die junge, künftige Lehrerin in einer der kirchlichen Kinderstunden. Schon vor langer Zeit, gab es lebendige Völker, die den Wald und diese Landschaft im Laufe der vielen Jahrhunderte miteinander oder nacheinander nutzten. Die aber alle die gleichen Mythen offenbarten, sich die gleichen oder doch sehr ähnlichen Legenden erzählten.

Es gab einmal eine Welt vor dieser Welt, aber der Große Geist, der Gott aller Völker, war verärgert über die Menschen, weil sie sich nicht benehmen konnten. Deshalb sang er die Lieder des Regens und schickte eine große Flut, die alle Menschen tötete. Eine Schildkröte tauchte auf den Grund des dunklen Wasser und holte vom Boden den Lehm, mit dem der Große Geist die Kontinente schuf. Aus der roten, weißen, schwarzen und gelben Erde formte er die Frauen und die Männer. Er versprach, dass alles gut sein wird, wenn alle Lebewesen gelernt haben, in Harmonie zusammenzuleben. Doch wenn sie es nicht gut machen, er diese Welt wieder zerstören würde. Die Völker hatten manchmal verschiedene Namen für den Großen Geist, er konnte den Namen eines Tieres haben, das sie verehrten, oder es war die Schöpferin, die alles beseelte, denn nicht nur die Menschen haben eine Seele sondern alle Tiere und Pflanzen und auch das Wasser und die Steine, die Erde und die Sonne und die vielen Gestirne am Firmament. Der Große Geist oder die höchste Macht, war eine geheimnisvolle Kraft, die sich den Menschen überall in der Natur offenbarte, die in allen Dingen dieser Welt wohnte, dem ganzen Kosmos mit all seinen Sternen und auch den Dingen, die wir nicht sehen könnten.

So erzählte Shania uns viele packende Geschichten und wenn wir Kinder auf dem Boden saßen, im Kreis verbunden und mit angewinkelten Beinen, kam ich mir selbst wie ein Teil des Ganzen vor, schwebte durch die Weiten des Universums, vorbei an den Planeten und den Sternen und hing abgöttisch an den Lippen von Shania, die mich bezauberte, die Frau, die ihren Weg geht oder auf ihrem Weg ist, wie ihr Name aus dem Indianischen übersetzte. Was ich damals noch nicht wissen konnte, war die Tatsache, dass unsere Wege sich noch öfters kreuzen würden.

Die Kinderbibel hatte viele bunte Bilder und auch Seiten mit Bildern, die wir ausmalen durften. Daran kann ich mich auch erinnern. Jesus, als er über das Wasser ging und als er die Steine in Brot verwandelte. Nach dem Gottesdienst kamen die Erwachsenen und es gab selbstgemachte Brote, eingesammeltes Obst und Getränke, und die Männer sprachen über ihre Arbeit und die Politik. Die Frauen standen in Grüppchen und redeten über die Männer oder die Kinder und die Arbeit im Haus und im Garten. Die Kirche war eine wichtige Institution bei uns in Amerika. Das Städtchen hatte sogar etliche Kirchen, um nicht zu sagen viele. Baptisten, Methodisten, Lutheraner und Katholiken natürlich, mit jeder Einwanderungswelle kamen andere Glaubensrichtungen, die wegen ihrer Bekenntnisse aus ihrer Heimat fliehen mussten oder am Hungertuch nagten, wie die Leute sagten, keine Arbeit und kein Einkommen hatten und auf eine bessere Zukunft hier in Amerika hofften. Wir gingen zur Kirche der Brethren, die Kirche der Brüder oder die Schwarzenau Brethren, benannt nach einem Ort in Deutschland, an dem diese Religionsbewegung ihren Ausgang nahm. Die Vorfahren meines Vaters kamen ebenfalls aus diesem Land, aus Germany, soweit bekannt aus einer anderen Region, aber auch sie lebten nach den Grundsätzen der Schwarzenau Brüder. Die Andersgläubigen mussten flüchten, weil sie sich in ihrer Heimat von der Staatskirche abgrenzten. Sie nahmen nicht an den offiziellen Gottesdiensten teil, verweigerten die Kindertaufe und die Konfirmation und lehnten den Militärdienst ab.

Ihrer Ansicht nach sollten die Gläubigen bewusst die Taufe wollen, sie begehren, was mit einem dreifachen Untertauchen im Wasser vollzogen wurde. Gewaltfrei Leben, sich dem Kirchenbund entziehen und überhaupt den Militärdienst zu verweigern, das wurde in der damaligen Zeit nicht toleriert und so emigrierten sie, wie viele andere Glaubenskongregationen auch, nach Amerika. Das Land der unbegrenzten Möglichkeiten, das Land in dem Milch und Honig fließen. Das unbefleckte Land, dem Anschein nach ohne Geschichte. Das neue Eden. Und diese Möglichkeiten nutzten die unterschiedlichen Exilanten. Jeder wollte oder konnte glücklich werden, jeder nach seiner Fasson. Puritanisch, zölibatär, pantheistisch, mystisch, radikalpietistisch, radikalreformatorisch, ein Spiegel aller Geistesströmungen reflektierte diese neue Welt. Was war befreiender, als den Ort zu finden, um sein Leben zu leben, wie man es leben wollte. In einer religiösen Gemeinschaft, einer spirituellen Sekte oder als Freidenker, befreit von der Last der europäischen Konventionen, der Monarchien und ihren muffigen Amtsstuben, dem Dünkel, der Arroganz der Mächtigen und ihrer Selbstherrlichkeit. Den Raum zu finden, um sich zu verwirklichen, um erfolgreich zu sein oder bescheiden als Einsiedler sein dürftiges Dasein zu fristen und zu genießen. Das freiheitliche Eldorado für die Armen und die Unterdrückten, für die politisch Verfolgten und die Fantasten und mit Sicherheit für den ein oder anderen Übeltäter, der auch aus seiner Heimat abgeschoben wurde, oder die Ausreise wurde dem Ärmsten nahe gelegt, bevor er der Gemeinde noch länger auf der Tasche lag.

Bei Gott, das gelobte Land war nicht das Schlaraffenland, in dem die Hühnchen gebraten in den Mund flogen, wo die Steine zu Brot wurden und das Wasser zu Wein. Schon die Passage über den Atlantik in einem der beengten Schiffe konnte den Tod bedeuten. Viele Wochen waren die Auswanderer unterwegs, vom Ort der Geburt bis zu den Häfen, bis die Schiffe die Anker lichteten und die lange Überfahrt begann. Glück hatte, wer schon Bekannte, Freunde oder Familie in der neuen Welt begrüßen konnte und von ihnen wohlwollend aufgenommen wurde. Scharlatane, Schwindler und Diebe gab es auch zu dieser Zeit, die die Neuankömmlinge betrogen und in üble Abhängigkeiten brachten. Und auch damals waren es die Religionsgemeinschaften, die ihren Brüdern und Schwestern halfen, die ihnen einen Ort nannten, an dem sie Willkommen waren. Ein Ort, an dem sie frei leben und arbeiten konnten, ihr Glück versuchen konnten und nur ihrem Gewissen und den Regeln der eigenen Religion folgen mussten. Deshalb sind die Kirchen mehr als ein Ort der Gleichgesinnten, der Gläubigen. Sie sind ein Ort der Hilfsbereitschaft, des Gemeinsinns und der Wohltätigkeit.

Und deshalb darf der amerikanische Kongress, der Staat, kein Gesetz erlassen, das die Einführung einer staatlichen Religion zum Gegenstand hat, oder deren freie Ausübung beschränkt, deshalb ist das Streben nach Glück ein wichtiger Aspekt der Unabhängigkeitserklärung der Vereinigten Staaten von Amerika, die ebenfalls besagt, dass alle Menschen gleich geschaffen sind, dass sie von ihrem Schöpfer mit bestimmten unveräußerlichen Rechten ausgestattet sind, so wie das Recht auf Leben und Freiheit. Allerdings galt das nicht für die Ureinwohner Amerikas, die Native Americans oder die First Nations, die für den Traum von Glück und Freiheit Platz machen mussten. Wie überaus praktisch war dementsprechend der zweite Zusatzartikel der Verfassung, der ein Recht auf individuellen Waffenbesitz garantiert. Mein Vater hatte da wieder seine eigenen, abtrünnigen Ansichten.

Das hat uns Shania nicht alles so erzählt, nicht in der Kinderstunde. Später in der richtigen Schule haben wir mehr über die Pilger gelesen, über Columbus und die Entdeckung Amerikas, als er eigentlich den Weg nach Indien suchte. In fourteen hundred and ninety-two, Columbus sailed the ocean blue, sagten wir auf, um uns das Jahr der Entdeckung zu verinnerlichen. Eine Eselsbrücke, die jedes amerikanische Kind lernen musste und uns half die langweilige Zahl zu merken, weil es auch so lustig klang.

Überhaupt lernte ich die Dinge schneller oder konnte mir Sachen besser einprägen, wenn sie lustig oder humorvoll veranschaulicht waren, oder ich viel Spaß beim Lernen hatte. Die Geschichte der Pilger und auch die Geschichte Amerikas vor der Zuwanderung durch die Europäer, war ein wiederkehrendes Thema in unserer Familie. Die Pfeilspitzen, die wir in einer kleinen Höhle im Wald gefunden hatten, die Tonscherben an der Quelle erregten meine Fantasie und wir erforschten die Geschehnisse in unserer Region und erfuhren viel über die First Nations, die Völker, die hier vor den Einwanderern lebten. Dadurch, dass meine Mutter viele Bücher aus der Bücherei mitbrachte und begierig die Geschichte ihrer Vorfahren erforschte, habe ich ebenfalls allerlei über die verschiedenen Religionen lernen können. Shania selbst hatte Vorfahren von beiden Kontinenten und ihre indigene Mutter erwählte deshalb ihren Namen, damit der Geist der Ahnen darin weiterleben konnte, damit sie sich ihrer Herkunft immer erinnerte und bewusst war. Es waren bei ihnen stets die Frauen, die die Geschichten weitergaben, die sie am Leben erhielten. Geschichten, die sie auch uns später näherbrachte, die sie uns erzählte und somit den Geist der Geschichten, der Fabeln, Sagen, Märchen und Erzählungen und ihre Wahrheit an uns weiter gab, ihre Weisheit in uns verpflanzte. Jetzt steht alles in den Büchern. Jetzt wird der Geist in Büchern festgehalten, sagt sie, die auf ihrem Weg ist, die auf ihrem Weg geht. Adam, mein neu geborener, kleiner Bruder, vielleicht lebt auch in seinem Namen der Geist der Ahnen weiter.

# Vierter Satz *andante*

Das Zimmer, in dem Adam damals lag und in dem er geboren wurde, hatte farbenfrohe Tapeten, eine mit getüpfeltem Stoff behängte Krippe, die schaukeln konnte, ein Flugzeug hing von der Decke und sogar ein Fernseher stand in der Ecke, der mir gut in Erinnerung ist, weil wir zu Hause keinen Bildschirm hatten. Erst dann sah ich das Baby mit seinem aufblühenden, noch rötlich angehauchten Gesicht und den dunkelblonden Haaren, die erstaunlich füllig waren und einen Schimmer von Gold ausstrahlten, denn in einigen Strähnen reflektiere sich das Licht der Nachtischlampe, wie in einem Sternenhimmel. Die Augen waren fest verschlossen, die kurzen, eingebogenen Ärmchen und die zwergenhaften Hände wie zum Trommelwirbel ausgestreckt und er schlief. Adam war in weiße, weiche Tücher, wie in einer Wolke, eingepackt und lag in den Armen meiner Mutter. Der Vater saß auf der anderen Seite auf der Bettkante, strahlte uns mit seinem Lächeln an und strich mit den Fingern über Adams Stirn und seiner kleinen, eingedellten Stupsnase. Nur mit den Augen und einer leichten Kopfbewegung, forderte er mich auf, ihn auch zu streicheln. Ich weiß noch wie ich mich auf die Fußspitzen stellte und zögerlich den Arm ausstreckte und mit meinem Zeigefinger seine Hand leicht berührte, die sich warm und weich anfühlte, ich entlang seiner Hand, seines kleinen, gekrümmten Zeigefingers strich und als sich unsere Fingerspitzen berührten, ich etwas verspürte, was ich schwer in Worte fassen kann. Es war etwas, dass durch meinen Arm in meinen Körper drang, ein klein wenig, wie der elektrische Schubs, den ich vor vielen Monaten mit dem Schraubenzieher in der Steckdose verspürt hatte. Ein winzig kleiner, elektrischer Schlag, der meine Haut kribbeln ließ und meine Augen zum Glänzen brachte, oder ich auf einmal klarer sehen konnte, nur einen kurzen Teil einer Sekunde lang, erschrocken war. Es war diese eine engelhafte Eingebung, diese plötzliche Erkenntnis, das Bewusstwerden, - ich habe einen Bruder.

Das Bewusstsein begreifen, eine ganz besondere Art der Erneuerung des eigenen Verstandes, der Verinnerlichung unerschöpflicher, ungeahnter Lebensgefühle, augenblicklicher Daseinsfreuden. Die Erfahrung und die Erkenntnis absoluten Seins, die Existenz des Lebens, die Luft, den Hauch zu spüren, den Atem zu spüren, so wie ich jetzt Adam spürte, meinen Bruder gewahr wurde, das Wunder und die Geburt eines neuen Sterns. Und blies ihm ein den lebendigen Odem und er ward eine lebende Seele.

Das Licht der Welt erblickte ich selbst in Marburg an der Lahn, in Deutschland. Wie mir mein Vater später erzählte, war es wohl ein sehr grelles Licht. Der Kreißsaal, so nennt man den Raum, in dem die Kinder geboren wurden, hatte damals keine Tapeten. Damals heißt eigentlich nur beinahe drei Jahre vor Adams Geburt. Die Wände waren gefliest und metallische Regale und Ablagen standen an den Wänden. Durch eine offene Tür, die zu einem weiteren Kreißsaal führte, hörte mein Vater das Kreischen einer anderen Frau und ihm kam es so vor, als wäre dahinter noch ein Raum, aus dem das Stöhnen einer weiteren Frau zu hören war, eine ganze Reihe von Kreisch-Sälen mit gebärenden Frauen. Er stand an der Seite meiner Mutter und hielt ihre Hand, atmete mit ihr ein und aus und beobachtete das Kommen und Gehen des Anästhesisten, für den Notfall und zur Kontrolle. Ein zweiter Arzt kam und ging, der einen Dammschnitt machen musste und die Hebamme mit einer Schülerin, strahlte ihn freundlich an. Die Geräusche und die Menschen brachten ihn um den Verstand. Er wurde ärgerlich, musste aber dann ein Bein oder den Fuß meiner Mutter halten, die mit ihren Wehen gegen seine Hände drückte und presste, bis langsam zwischen ihren Beinen dunkle Haare erschienen, immer mehr von diesem Dunkel zu sehen war und er wie in einer Ekstase zu sprechen begann, Worte wiederholte, noch einmal drücken, drücken, push, push, noch ein bisschen, und dann der Kopf erschien, mein Kopf erschien, mit zusammen gepressten Augen und faltiger Stirn, mit bläulichen Lippen und käsiger Haut und er zu weinen begann aus Freude, aus überstandener Sorge und meiner Mutter, auch sie mit wässrigen Augen, entgegen sah und sich mit ihr freute, seine Wange an ihre Wange legte, sich beider Tränen vermischten und beide lautlos lachten. Es war wie ein Wunder, ein einzigartiges Wunder in diesem Universum. „The birth of a new star," wie mein Vater mir sagte. Dann ging alles sehr schnell. Mit einer Schere durfte er die Nabelschnur durchschneiden, die sich erstaunlicherweise sehr hart anfühlte. Die Hebamme trocknete mich ab und legte mich auf eine Waage, um mich dann, mit einem Tuch bedeckt, meiner Mutter auf den Bauch und an die Brust zu legen.

Natürlich konnte ich mich an diese Dinge nicht selbst erinnern. Mein Vater hatte mir von der Geburt erzählt und wurde noch bei der Erzählung sehr emotional und meinte, dass das ein großer Unterschied war mit mir und meinem Bruder. Das in Deutschland diese Geburten so nüchtern und medizinisch behandelt wurden, - damals. In einer Vorbereitungsstunde an der Universitätsklink wurde den Eltern sogar empfohlen, eine Sonde an den Kopf des ungeborenen Säuglings zu stecken, damit die Ärzte den Puls oder den Herzschlag überprüfen und verfolgen konnten. Aber dass die Babys als erstes Kindspech ausscheiden, ein schwarzer, unnatürlich aussehender Stuhl, der meine Eltern in Angst versetzte, erklärten sie nicht. Und dann all diese Leute, these People, die von einem Raum zum nächsten liefen und wieder zurück. Bei Adam waren sie die meiste Zeit allein in dem abgedunkelten, wohnlich ausstaffierten Zimmer. Erst als die Geburt bevorstand, wurde das Bett in einen Gebärstuhl umfunktioniert, der auch praktische Beinstützen hatte. Er war auch weniger nervös, sagte mir der Vater, bei dieser zweiten, bei Adams Geburt. Hektisch wurde es doch noch, als die Mutter ihn erinnerte, dass sie den Adam nicht beschneiden sollten, das war in Amerika so üblich.

Sie tauften mich Emilia, wie die Großmutter und Johanna nach meiner Patentante. Emilia Johanna, aber alle nannten mich nur Emily. Meine Mutter stammte aus der Eifel, aus einem kleinen Dorf, nicht weit von einem der vulkanischen Maare, in der Nähe von Wittlich, der Stadt, in der sie auch zur Schule ging und ihr Abitur machte. Sie war eine begeisterte Leserin und verschlang beinahe alle Bücher, die sie in der kleinen Dorfbücherei finden konnte und auch später in Wittlich, in der Stadtbücherei, war sie eine wohlbekannte Besucherin. Schon als Schülerin half sie in einem der Buchläden, in dem sie auch in den Semesterferien jobbte. Lesen und Bücher waren dann der Grund für ihre Entscheidung Germanistik und Amerikanistik zu studieren, Amerikanistik als Zweitstudium, weil sie auch in Büchern oder Publikationen über die Lokalgeschichte ihrer Heimat gelesen hatte, dass viele Einwohner nach Amerika ausgewandert waren. Auch einer ihrer Vorfahren hatte die Reise über den Atlantik angetreten, und diese Vergangenheit und alles über Amerika interessierte sie ungemein. Sie wollte mehr lernen über das Volk, die Kultur, vor allem die Geschichte und natürlich die Sprache sich aneignen, die Sprachkenntnisse vertiefen, damit sie sich auch diesen Kulturbereich erschließen konnte. Sie verschlang alle Bücher, die sie in Englisch finden konnte. In der Schule mussten sie schon Englische Zeitschriften lesen, aber lieber waren ihr die Kinderbücher und Kriminalromane. Und mit jedem Buch wurde das Lesen leichter, wurden die Bücher anspruchsvoller. Charles Dickens und Great Expectations, Oliver Twist und andere Bücher von Dickens, die sie immer in eine andere Zeit, in einen anderen Raum, eine andere Stimmung versetzte, Bücher, welche die Gefühle dieser Periode wiederbelebten. Sie las Bücher von Emily und Charlotte Brontë, die sie in romantische Sinneswelten beförderten. Austen, Orwell, Huxley aber auch viele amerikanische Autoren wie John Steinbeck, Ernest Hemingway, J. A. Michener, Charles Bukowski und auch Übersetzungen, wie „Papillon" von dem Franzosen Henri Charrière, denn das Buch in Englisch konnte sie günstig auf einem der Flohmärkte erwerben und das Bild des Schmetterlings zog sie magisch an. Flohmärkte waren immer ein beliebtes Ziel für meine Mutter, besonders um die vielen, verführerischen Bücherkisten zu durchstöbern. Damit brachte sie des Öfteren meinen Vater zur Verzweiflung, aber wenn er sie im Gewimmel der Leute verloren hatte, wusste er zumindest, wo er sie wiederfinden konnte.

Von all den Universtäten, die sie hinsichtlich des Studiums angeschrieben hatte, wählte sie dann Marburg aus. Das imposante Schloss, das über den schieferbedeckten Häusern thronte, die verwinkelten Häuser, entlang der schmalen Gassen und all die anderen Bilder, die sie in den Büchern des Buchladens und der Bücherei in Wittlich über Marburg finden konnte, weckten ihre Neugierde und Fantasie, und sie konnte sich sehr gut vorstellen, zwischen den altehrwürdigen Gebäuden, den Fachwerkhäusern und auf den holprigen Gassen auf Abenteuersuche zu gehen und in ihre Geschichte abzutauchen, und Marburg hatte eine der renommiertesten Universitäten Deutschlands. Außerdem war die Stadt weit genug entfernt von der Heimat und doch noch nah genug.

Meinen Vater lernte sie gleich zu Beginn ihres Auslandstudiums am College in Pennsylvania kennen. Für sie war es gewissermaßen selbstverständlich, dass man das Land besuchen und bereisen musste, über das man studierte, seine Kultur und seine Sprache sprechen und intensiv kennenlernen wollte, ein Auslandsstudium war ein Muss. Reisen erweitert Horizonte, macht das Wort sichtbar und erweitert das Bewusstsein und das Verständnis für andere Völker und Kulturen. Nach Pennsylvania wollte sie, das Juniata College lockte sie, weil von allen möglichen Partneruniversitäten und Bildungsstätten dieses eine College abseits aller Großstädte in der vielversprechenden Landschaft der Appalachian Mountains lag, weil der wohllautende Name verführerisch klang, weil sie gerade dort mehr über die amerikanische Geschichte zu erfahren hoffte, besonders über die regionalen

Aufzeichnungen, denn, soweit sie aus den noch vorhandenen Kirchenbüchern in Wittlich und in der Gemeindechronik herausgefunden hatte, soweit auch schon ein Chronist die Schicksale der Auswanderer zusammengetragen hatte, war es irgendwo im Osten der Amerikanischen Staaten, im Staate Pennsylvania, in die mehrere der früheren Bewohner ihrer Heimat und Region ausgewandert waren.

Das Bewerbungsverfahren war ein kleiner Hürdenlauf mit Formularen, Kopien von Zeugnissen, einem Motivationsschreiben und einen Sprachtest, für den sie extra nach Frankfurt fahren musste. Warum sie in Marburg dann doch noch eine Sprachprüfung am Sprachenzentrum machen musste, war ihr nicht ganz klar. Aber sie bestand auch diese mit Bravour, zumal der Prüfer schon begeistert war, als sie ihm erzählte, zuletzt das Buch „The Magus" von John Fowles gelesen zu haben, welches das Lieblingsbuch des Prüfers war, jedenfalls zu diesem Zeitpunkt. Alles in allem eine aufwendige Prozedur für einen Auslandsaufenthalt, der aber ihr Leben ganz gewiss verändern würde.

# Interludium

Das kapellenartige Pavillon in meinem Garten benutze ich jetzt auch öfters zum Schreiben. Es lässt die warmen Sonnenstrahlen hindurch und der frischer werdende Herbstwind bleibt außen vor. Ich habe es so bauen lassen, dass die Sonnenstrahlen auch über die Dachflächen aus Glas den Raum beheizen. Sie sagen, es ist ein neues Material, das die wärmenden Strahlen hindurch lässt, das wunderbar isoliert und unzerbrechlich ist. Dieses durchsichtige Material würde sogar atmen, was bedeutet, auch wenn die Tür und Lüftungsklappen fest verschlossen sind, würde genügend Luft über die Wände in das Innere gelangen. Dieses Glas würde niemals verdunkeln, im Gegenteil, es würde klarer und lichtdurchlässiger mit jedem Licht-, mit jedem Sonnenstrahl, den es absorbiert. Christa, eine ehemalige Lehrerin und begeisterte Astronomin, die nicht weit von hier ihr Domizil aufgebaut hat und die mir eine gute Freundin wurde, nennt es spaßeshalber auch meinen gläsernen Sarkophag. Aber auch sie ist gefangen von dem nächtlichen Firmament, das sich über uns aufgespannt hat. Wie oft saßen wir hier schon zusammen, gebettet in flaumig weichen, samtartigen Kissen, schauten in den von Lichtern übersäten Nachthimmel und erzählten uns von den Eigentümlichkeiten über den ein oder anderen Himmelskörper, über einen auffallend, eindrucksvollen Stern, bewunderten die Himmelslichter, die pulsierten oder beobachteten, wie ein strahlendes, funkelndes Licht über uns vorüberzog. Und immer wieder entdecken wir neue Sterne, neue Sonnen, neue Planeten. Planeten aus Gas, solche die flüssig sind oder fest. Solche mit Monden oder Ringen, mit vereisten Polen und extremen Wüsten. Wir sehen Gelbe Zwerge und Rote Riesen, Pulsare und Quasare und spiralförmige Galaxien, voller Sonnen und Planetensystemen, vor bunten Spiralnebeln, mit Doppelsternen und materiesaugenden, schwarzen Löchern und Dunkler Materie, die aber für uns nicht sichtbar ist . Den kleinen Bären und den Polarstern liebten wir, sie sind hier viel deutlicher zu sehen, denn sie sind uns sehr viel näher. Überhaupt sieht man hier mehr Sterne als anderswo. Ein Sammelsurium himmlischer Geschöpfe, das seines gleichen sucht und vielleicht doch nur der Nukleus eines größeren, eines höheren Wesens ist.

Die Sicht hier ist zudem deswegen so gut, weil die Luft ohne Schadstoffe ist, es gibt keinen Smog und keine Abgase. Was für eine Wohlfahrt! Wenn ich daran denke, wie das früher in den Städten war. Das hat sich alles zum Guten gewendet. Keine Luftverpester, wie der Pick-up Truck, den mein Vater damals fuhr.

Manchmal schwelgen wir auch in Erinnerungen an unsere Raumfahrtabenteuer, unserer beiden Liebe an den Weltenraum, der uns zwei auf eine außergewöhnliche Reise und letztendlich auch hierher, in das Land der unbegrenzten Möglichkeiten gebracht hatte. Wir verglichen unsere Erfahrungen und tauschten verschlungene Botschaften aus. Die Reise zu den Sternen, ein ewig menschlicher Traum, der nun Wirklichkeit wurde und doch seine Tücken und Gefahren brachte. Die Technik konnte den Vorstellungen nicht immer gerecht werden, der ein oder andere Makel nicht erkannt werden, bis das Verhängnis seinen Lauf anzeigte.

Und wie das Schicksal manchmal seine Kapriolen schlägt! Doch sollte es kein Zufall sein, wenn zwei Menschen die gleiche Vorsehung widerfährt, wenn sich die Lebensläufe fügen und angleichen, wenn ich das dann so will.

## Fünfter Satz  *andantino*

Alle ausländischen Studenten, die Foreign Students, bekamen einen Paten oder eine Gastfamilie, die Host Family, die sich um die Studenten für die erste Zeit am College kümmerten und welche Ansprechpartner für die kleineren Probleme des Alltags waren. Meine Mutter saß im Büro des Empfangsgebäudes und der übergewichtige Mann aus dem Admission Office, dem Studiensekretariat, durchstöberte eine Kartei und telefoniert eine Liste ab, bis er meinen Vater, oder sollte ich hier doch besser zukünftigen Vater sagen, also bis er meinen zukünftigen Vater am Telefon hatte. Der angehende Vater kam mit einem alten Pick-up Truck, ging in das Büro, nahm die Mütze ab, schüttelte sein langes Haar und verliebte sich sofort in meine Mutter. So hat sie mir das viel später beschrieben. Seine Haare waren blond und lockig und mit den blauen Augen sah er aus wie ein Engel. Das war definitiv der erste Gedanke, der ihr in den Kopf kam. Sie war noch erschöpft von der langen Reise. Der Flug von Frankfurt zum John F. Kennedy International Airport war turbulent, an Schlaf war nicht zu denken. Durchgeschüttelt von der Stadtbahn, kam sie am Grand Central Terminal, dem Bahnhof mitten in Downtown New York an, mit seiner grandiosen Ankunftshalle und dem himmlischen Gewölbe. Vom Bahnhof fuhr sie mit dem Zug bis Philadelphia, mit der für sie nicht weniger eindrucksvollen Empfangshalle, wo sie umsteigen musste und den nächsten Zug nach Lancaster nahm. Dabei hatte sie einen schweren, blauen Koffer, den sie mühsam auf all den Wegen schleppen musste. In Lancaster rief sie mit dem Public Phone die mitgeteilte Nummer an, worauf alsbald die Mutter ihres amerikanischen Austauschpartners sie abholte und die restliche Strecke mit dem Auto zum Juniata College brachte. Sie hatte ein junges Mädchen erwartet, gestand sie ihr im Auto.

„I did not expect such a beautiful young woman."

Jetzt saß sie in dem Büro des Studentensekretariats mit dem korpulenten, schwitzenden Administrator und wartete auf meinen künftigen Vater. Wie elektrisiert wäre sie gewesen, sagte sie mir, auf eine unbekannte Art wunderlich erregt. Die Müdigkeit war verflogen und wenn er ein weißes Gewand getragen hätte, ich wähnte, ich wäre dem Erlöser selbst begegnet, vertraute sie mir an. Vorerst erlöste er sie nur aus dem Büro des pummeligen Sachverwalters, brachte sie und ihren schweren Koffer zu dem ihr zugewiesenen Dormitorium, dem Studentenwohnheim, versprach, das er am nächsten Tag vorbeikommen würde, um ihr den Campus, das College und die Umgebung zu zeigen und lud sie selbstredend auch am nächsten Tag zum Essen ein. Vier Wochen später erlöste er sie auch von dem Wohnheim, in dem sie ein Zimmer mit einer Studentin teilte, die jeden Morgen nach dem

Aufstehen, den Fernseher einschaltete und ihn nach dem Duschen wieder einschaltete, da meine Mutter, genervt von dem Gequasselt und der Werbung, die Kiste zwischenzeitlich ausgeschaltet hatte und wieder in ihrem Bett lag. Sie zog zu ihm in das alte, historische Blockhaus, das zwar noch nicht ganz fertig renoviert war, noch keine Dusche, kein Bad besaß, aber ihr Ruhe und vor allem den Himmel auf Erden versprach.

## Interludium

Hier, in meinem Haus, in meinem neuen Lebensumfeld, ist es auch sehr ruhig und friedlich. Kein Lärm von Flugzeugen, keine ratternden Güterzüge oder quietschenden Bremsmanöver, keine Geräusche von Lastkraftwagen oder Autos. Fast ist es schon zu ruhig, unglaublich ruhig. Auch die Kähne auf dem Fluss sind kaum zu hören. Nur das Murmeln der Wellen, die am Ufer anschlagen. Nichts, wovor ich Angst haben müsste, nichts, das mich ärgert oder worum ich mich sorgen müsste. Das Einzige, was mir Kummer bereitet sind die schlimmen Erinnerungen, die mich innerlich aufreiben, die mich emotional Aufzehren und die ich aufzuzeichnen versuche. Die Erinnerungen kann ich nicht ausschalten.

Da ist diese Erinnerung an einen Tag oder ein paar Stunden in der County Library, der Bücherei in unserer kleinen Stadt, eine Bücherei oder besser gesagt, einer Bibliothekarin, die sich hingebungsvoll um uns Kinder kümmerte. Sie organisierte Vorlesestunden und Lesewettbewerbe speziell in den Ferienmonaten für die Kinder, die nicht in den Urlaub gefahren waren. Eine engagierte Frau, die zu speziellen Themen Büchertische vorbereitete und ab und zu eine aktuelle Stunde ausrichtete, so wie diese eine Stunde zum Start der Raumfähre "Challenger." Für die Eltern und für uns Kinder, ich war damals fast vier Jahre alt, hatte sie zu diesem Zweck einen Fernseher aufgestellt. Da wir keinen Fernseher besaßen, meine Mutter aber unbedingt den Start und den Flug der Raumfähre sehen wollte, in der zum ersten Mal eine Lehrerin mitfliegen durfte, fuhr sie mit mir und Adam zur Bücherei. Adam war noch ein Toddler, ein Kleinkind, gerade mal etwas mehr als ein halbes Jahr auf der Welt und saß auf der Rückbank in seinem Kindersitz für das Auto, ein Sitz, den man aber auch einfach mit einem Griff tragen und auf den Boden oder auf einen Tisch abstellen konnte. Wir versammelten uns alle gemeinschaftlich in einer Ecke des Leseraumes, der mit bequemen Sesseln ausgestattet war, und da mehr Erwachsene gekommen waren als geplant, wurden auch noch viele Klappstühle im Halbkreis um den Bildschirm aufgestellt. Vor allem zahlreiche ältere Menschen wollten das schon seit Wochen angekündigte Ereignis miteinander anschauen und erleben. Ich saß auf dem Schoß meiner Mutter und Adam vor unserem Sessel im Kindersitz. Er spielte mit den hölzernen Ringen und einer Rassel und schaute mal auf zu uns, fokussierte dann seine Augen auf die Holzspielzeuge oder blickte hin und wieder auf die flimmernden Bilder im Fernseher, welchen er daraufhin mit offenem Mund und dem Stillstand aller Bewegungen folgte.

Die ersten Fernsehbilder zeigten die vielen Zuschauer, die sich auf den offenen Tribünen des Kennedy Space Centers in Florida mit Mützen und warmen Jacken aufgestellt hatten. Es war ein kalter Tag, der 28. Januar 1986. Auch die Eltern von Christa McAuliffe, der ersten Lehrerin im Weltraum, waren unter den Zuschauern. Ein Reporter sprach und erklärte den Ablauf, während die Kamera die Rakete mit dem Shuttle zeigte. Ein dicker, brauner Tank, der wie eine riesige, verrostete Bullet, eine Patrone oder ein Geschoss aussah, auf dem das weiße Raumschiff saß. Es ist ein wolkenloser, strahlend blauer Himmel. Dampf entweicht den

Triebwerken. Ich höre noch heute den Reporter, welcher rückwärts zählt, erst undeutlich zu hören ist im Rauschen der Lautsprecher und ich höre „eight, seven, six" und etwas mit „start" und „five, four, three, two, one and lift off, we have lift off" und ich verfolge gebannt das Raumschiff im Fernseher und sehe, wie auch Adam mit Hochspannung auf den Holzring beißt und mit seinen blauen Augen dem fliegenden Objekt folgt, das sich langsam, wie in Zeitlupe, weiter erhebt, mit einem riesigen Feuerschwall, mit einer riesigen Rauchwolke erhebt und sich allmählich dreht und immer schneller wird und dem blauen Himmel entgegen fliegt. Ich höre noch die Stimme des Reporters und die Worte „Challenger" und „Percent" und „running normally", sehe das Bild flackern, sehe eine weiße Wolke, eine Explosion, sehe, wie ein riesiges, weißes Kaninchen mit langen Ohren erscheint, die sich zu Hörnern verlängern und wie es Rauch regnet. Ich sehe wie die Hand meiner Mutter sich zu ihrem Munde bewegt und sie erstarrt auf ihren eingeknickten Ringfinger beißt. Ich sehe, wie Adam sich zu uns wendet, wir uns in die Augen schauen und wir mit sehendem Geiste der Lehrerin folgen, die auf einem weißen Wolkenstrahl davonfliegt.

"Manchmal passieren solche schmerzhaften Dinge. Es gehört zum Wesen von Forschung und Entdeckung dazu. Es ist eben riskant, die Grenzen der Menschheit verschieben zu wollen. Doch die Zukunft gehört nicht den Zaghaften. Sie gehört den Mutigen," sagte später der Präsident und natürlich konnte ich damals nicht erahnen, wie sehr ich diese Grenze dereinst verschieben sollte.

# Sechster Satz *andante*

Mein Vater war zehn Jahre älter als meine Mutter. Er war achtundzwanzig, als er die Töpferwerkstatt des Colleges übernahm. Neben Kunstgeschichte, Medienkunst und Museumskunde, gab es am College auch Angebote in Zeichnen, Malen, Fotographie, es gab Theaterworkshops und es gab die Töpferei, der Pottery Shop oder Pot Shop, wie die Werkstatt von den Studenten liebevoll genannt wurde. Der Pot Shop hatte vierundzwanzig Stunden am Tag und sieben Tage die Woche geöffnet, sodass jedermann zu jeder Zeit seine oder ihre kreativen Phasen ausleben konnte. Dafür standen mehrere Töpferscheiben zur Verfügung, solche mit Elektromotor oder mit einer Tretscheibe, dem Kick Wheel, welche manuell durch Treten der schweren Holzscheibe bewegt wurde. In verschiedenen Kursen konnten die Studenten den Umgang mit Ton und den wichtigsten Werkzeugen oder die Anwendung der Glasuren kennenlernen. Mein Vater legte besonders viel Wert auf Originalität. Es machte ihm Spaß, neue Wege zu finden, in welchen die jungen Leute ihre Kreativität in die Tat umsetzen konnten, während sie ein Verständnis für das Handwerk und die Kunst der Keramik gewannen, ein Gespür für die Verwendung des Werkstoffes erlangten. Dazu gehörten auch Skulpturen oder neue kreative Ideen für den Gebrauch von Ton. Einer der Studenten lies walzenförmige Klumpen aus Ton von verschiedenen Höhen im Treppenhaus des Wohnheims fallen und erstellte eine Reihe interessanter Objekte, von welchen eines wie fette, faltige Walrösser aussah, die durch den Brand mit der Salzglasur eine lebendige Ausstrahlung bekamen. Eine große Schale aus Ton mussten die Studenten anfertigen, die von innen und auch von außen eine ursprüngliche oder ausgefallene Landschaft repräsentieren sollte. Fantasievolle, originelle Schöpfungen entstanden, vulkanähnliche Krater und skurrile Klüfte durchpflügten die irdene Mulde, bizarre, unrealistische Bäume durchstachen die Schalenwand und streckten ihre Wurzeln in den Raum, dreidimensionale Strukturen, kuriosen Wolkenkratzern gleich, ein stiller See, Berge, Gärten, Flüsse. Es entstanden neue Welten aus Ton und es blieb der Fantasie jedes Werkstudenten überlassen, seinem Gebilde den Atem des Lebens einzuhauchen.

Die Arbeit an der Töpferscheibe sah einfacher aus als gedacht und es bedurfte vieler eifriger Übungsstunden und dem behutsamen Schaffen, um aus einer unförmigen Masse von Ton, auf der sich drehenden Scheibe durch Drücken und Zentrieren, durch Ziehen und Strecken, eine Tasse, eine Vase, einen Krug oder ein anderes Gefäß zu gestalten. Es war wie ein kleines Wunder, aus der haftenden Erde eine neue Form zu kreieren, ein Körper, der vorher noch nicht existiert hatte und der später, nach der Trocknung, in einem der Brennöfen zu einer festen Gestalt gebrannt wurde, aus der man trinken konnte, in der das Wasser für die Blumen war, aus der man Milch gießen konnte oder die man einfach nur bestaunen konnte. Ideen wurden zur Realität. Eine Herausforderung für jeden Studenten.

Das Highlight jedes Semesters war aber der Holzofenbrand, der Brand im Anagama Ofen. In leichter Hanglage angrenzend zur Töpferwerkstatt, stand der acht Meter lange und zwei Meter hohe Holzbrennofen, gut geschützt in einem offenen Schuppen unter einem Wellblechdach, unter welchem auch die notwendigen Hölzer gelagert waren. Der langgezogene, halbkreisförmige Brennofen aus Schamott- oder Backsteinen war mit einer Tonschicht abgedichtet und isoliert, die dem geschwungenen Körper ein natürliches Aussehen verlieh. Die über mehrere Wochen hergestellten und gut getrockneten Tonwaren wurden dicht beieinander in den schlauchförmigen Raum gestellt, übereinandergestapelt, in mehreren Etagen, je nach Größe und Form der Objekte. Die Flammen, der Rauch und die Flugaschen hinterließen ihre Spuren auf den Rundungen und den Oberflächen und es bedurfte eines guten Gespürs und einer guten Intuition, wie und wo die Stücke platziert wurden. Je enger die Zwischenräume, je vielförmiger die Lücken, umso intensiver waren die Farben und die Farbverläufe, umso schöner die Wirbel, die Intensität der Flammenspuren, der Farbeffekte und der kristallinen Ablagerungen. Die schöpferische Kraft des Feuers hinterließ Spuren unvergleichlicher Lebendigkeit. Braune, rötliche, graue, blaugraue Farben in runden oder ovalen Kreiseln mit gelben Sprenkeln und Flammenzügen, machten jedes Gefäß zu einem Unikat. Besonders wichtig für die Effekte, war freilich auch die Art von Holz, die verwendet wurde. Vier bis fünf Tage und Nächte wurde im Schichtdienst der Ofen befeuert. Oft kamen auch Kollegen meines Vaters vorbei und arbeiteten zusammen mit den Studenten, wobei auch ein reger Austausch an Informationen oder Neuigkeiten stattfand und der ein oder andere Interessent auch Kontakt zu anderen Schulen oder Töpfereien fand. Eine Couch ohne Beine und mit verschlissenen Sitzkissen, die um den Schlund des Ofens standen, luden in den Pausen zum Plaudern ein und viele Geschichten über die Traditionen der Töpfer machten die Runde. Ich saß dann manche Stunde still bei den Schaffenden und lauschte ihren Berichten und ihren Erzählungen. Die asiatischen Brennkünste, besonders die Raku Keramik, waren beliebte Themen und manchmal wurde sogar seitlich des Anagama Ofens, ein Blechfass mit Holzstücken, Laub, Stroh und anderen Materialien bestückt, zwischen denen kleinere Teeschalen eingebettet waren, die nach dem Brand zu einer Teezeremonie gebraucht und nach einmaligem Einsatz wieder zerstört und der Erde zurückgegeben wurden.

Auch die bekannten Töpferwaren aus Deutschland waren ein Thema. Die Salzglasuren hatten meinen Vater schon von früher Kindheit an gefesselt. Von den deutschen Einwanderern traditionell hergestellt und über die Jahrzehnte durch den Einfluss anderer Kulturen weiterentwickelt, waren die blaugrauen, auch manchmal bräunlichen Behälter, ein gewohntes und viel benutztes Utensil in seinem elterlichen Haushalt. Nach Deutschland wollte er deshalb schon immer reisen. Im Kannenbäckerland, im Westerwald, dem Zentrum des Töpferhandwerks, so hatte er gelesen, wurden salzglasierte Steingutarbeiten im traditionellen Verfahren hergestellt, das wollte er sehen und erforschen. Dort wollte er mehr über die Salzglasuren lernen. Was war da naheliegender, als meine schwangere Mutter zu begleiten, mich auf meiner ersten Reise zu begleiten und in Deutschland, im Kannenbäckerland, seine Schulung zu vertiefen. Und Marburg war gar nicht so weit entfernt.

## Interludium

Ich versuche mich zu erinnern, wie viele Reisen ich schon unternommen hatte, zusammen mit meinen Eltern, mit Adam, wir als Familie. Der Flug nach Deutschland und zurück ist nur in durchdachten Vorstellungen in meinem Kopf. Bilder zusammengesetzt aus späteren Erfahrungen. Ich kann mich nicht an diese Reise erinnern, wie sollte auch? Obwohl die Wissenschaftler sagen, dass auch das heranwachsende Kind im Bauch der Mutter die Umwelt ab einem bestimmten Zeitpunkt wahrnehmen kann. Es gibt es keine Abdrücke, aber ich kann mir die Bilder dazu vorstellen. Erinnerungen sind Bilder. Mein Vater erzählte mir, dass er schon als Baby mit wenigen Monaten, Erlebnisse verinnerlicht hat, sich an Bildsequenzen erinnern kann, die mit seiner krebskranken Urgroßmutter zu tun hatten, mit einem für ihn schreckhaften Moment in ihrem Schlafzimmer. Die Bilder seien verschwommen, eher nur Konturen von dem großen Ehebett und dem gealterten, runzeligen Gesicht, das auf dem bleichen Kissen gebettet war und der von Decken umhüllte Körper. Weiße, gewölbte, flauschige Federdecken, die ihm wie Wolken im Himmel vorkamen. Nun kann auch ich sie sehen, seine Urgroßmutter. Die Erinnerung wurde übertragen. Die Bilder sind in meinem Kopf, existieren in meinen Gedanken, sind ein realistischer Teil meiner eigenen Welt geworden. Ich möchte mich noch an so vieles erinnern. Erinnerungen sind nicht für nichts ein Teil unseres Lebens. In den Erinnerungen ist unser Leben konserviert, das Leben lebt in unseren Erinnerungen weiter, es verharrt in ihnen, bleibt ihnen treu. Menschen leben in unseren Erinnerungen weiter. Erinnerungen sind Bilder, genau wie unsere Vorstellungen, unsere Gedanken aus Bildern bestehen, wie unsere Träume als Bilder erscheinen. Es ist wichtig diese Erinnerungen zu pflegen, sie am Leben zu erhalten. Sind nicht Wörter auch Bilder, Bilder, die sich aneinanderreihen und ganze Welten erschaffen?

Die Reisen sind mir immer in liebster Erinnerung. Es war auch eine Reise, oder genauer gesagt eine Reise ins All, die mich an diesen Ort gebracht hatte und es ist so schön hier, dass mir die Frage oder der Wunsch nach einem neuen, weiteren Abenteuer, nach einer neuen Wanderschaft nicht mehr in den Sinn kommt. Ich reise in Gedanken weiter. Es sind die Vorstellungen, die Wunschbilder, die Fantasie, die meine Reise fortsetzen, die Vorstellungskraft, die Kraft der Schöpfung und auch der Eingebung, die plötzlich wie ein Blitz aus einer Wolke, der Cloud der Gedankenflüge, unbewusst herniederkommt.

Der Fluss ist eine große Reise für mich. Das Treibgut. Wanderer ziehen an meinem Haus vorbei, halten auch mal inne und fragen nach Wasser oder nach dem Weg, wenn ich im Vorgarten die Blumenbeete richte. Der ein oder andere bewundert auch das Haus und liest die Hausinschrift. Vielleicht gehe ich dann auch ein Stück des Weges mit, um auf eine der besonders schönen Aussichtspunkte hinzuweisen. Mit dem Boot rudere ich hin und wieder auf die andere Seite des Flusses und genieße die Zeit in einem

Eiscafé, beobachte die Menschen, die durch die Altstadt bummeln. Nicht weit von meinem Haus ist auch ein kleiner Strand mit feinem Sand, und wenn es nicht Weiden und Pappeln wären, die das Fleckchen umranden, könnte ich mich auch in der Südsee wiederfinden. Dort liege ich auf meiner Decke an sonnigen Tagen, beobachte die Kinder, die an einem Seil durch die Lüfte schwingen und sich in das klare Wasser purzeln lassen. Dann träume ich mit offenen Augen von meiner eigenen Kindheit, von unserer Kindheit, von Adam und mir und unseren Exkursionen. Zuweilen wäre es mir am liebsten, die Kindheit hätte nie ein Ende, würde uns noch immerfort mit ihren vielen, kleinen, wechselnden Abenteuern überraschen. Unbekümmert lagen wir im Laub, in der Sonne, in der Wiese, die wie ein Kosmos gefüllt von Gräsern und Kräutern, von Blüten und Blättern unseren Raum erfüllte. Mit Pfeil und Bogen schlichen wir durch den Wald, wie die Menschen vom Volk des aufrechten Steines und wer weiß, vielleicht schritten wir auf ihren erloschenen Spuren. Das Baumhaus, nur ein paar Bretter über dem stärksten Astwerk befestigt, war unser Versteck und zweites Zuhause, beschirmt von Zweigen und Gesträuch, das mit Garn und Fäden verbunden, unser eigener Traumfänger wurde und in dessen Nischen und Höhlen wir unsere kleinen Schätze versteckten. Wir schnitzten feste Boote aus den stärksten Baumrinden der Nadelbäume und ließen sie mit einem Segel aus Blättern den Bach hinuntertreiben. Wir gruben eine Höhle, die wir mit Ästen, Zweigen, Moos und Blattwerk überdeckten. Wir rösteten unser eigenes Brot auf einer kleinen Feuerstelle, die wir mit Feuersteinen selbst entzündeten, suchten nach Pilzen, Beeren und Nüssen, so wie die Menschen in der Zeit davor. Wir lagen im trockenen Laub versteckt und lauerten den Tieren auf. Adam mit einem selbstgebauten Bogen. Sein ganzer Stolz. Unsere Kindheit war wie die Geschichte der Menschheit und der Wald war für uns Kinder der Himmel auf Erden.

Continue

## Sechster Satz *andante*

Die Monate in Deutschland waren für meinen Vater eine „Exceptional Time", wie er sagte. Die ungewohnten engen Straßen, die vielen, unterschiedlichen Steinhäuser, die sich an ihnen aufreihten, die fremde Sprache. Dass an Sonntagen die meisten Geschäfte geschlossen waren, war für ihn nur schwer verständlich. Die Hügel und Wälder der Eifel waren der Landschaft in Pennsylvania nicht unähnlich, weshalb die deutschen Auswanderer dort wohl gerne siedelten. Und in manchem Tal, bei der Wanderung entlang des kühlen Bachgrunds, unter laubgekrönten Dächern, an der alten Mühle, hatte er das unbestimmte Gefühl schon einmal hier gewesen zu sein. Ein Déjà-vu, eine in Gedanken schon einmal erlebte Realität. Selbst der Geruch kam ihm bekannt vor, war genau wie in der erlebten Erinnerung zuvor. Nur konnte er sich nicht erinnern an das Wann und Wo.

Die ersten Wochen verbrachten sie in Marburg, saßen täglich im Café und blickten über die Stadt, Ausblicke, die er in seiner ländlichen Heimat der Wälder und Rolling Hills noch nicht erlebt hatte. Die Burg mit meterdicken Mauern, die vielen schrägen, krummen Fachwerkhäuser mit den allerlei bunten Geschäftsauslagen oder die Kneipen, die bis spät in die Nacht für die Studenten beliebte Ziele waren. Sie unternahmen längere Tagesausflüge, entlang des Rheins, aßen deftige Kost in ausgebauten Burgverliesen und es kam ihm vor als wäre er in einem Märchenland mit Bildern aus den Fairy Tales seiner Kindheit. Die mächtigen Kathedralen mit ihren kräftigen Säulen, die die Dächer des Doms in den Himmel trugen, die reich verzierten Altare, älter als die Geschichte seines Landes, die urigen Dörfer und Städtchen und natürlich die alten Töpfereien, die ihre Waren in für ihn ungewohnten Fensterauslagen zur Schau stellten. Die Reisen durch das Kannenbäcker Land, dem Herzstück der Töpfereien, wo er neue Einsichten in das Handwerk bekam, das über Generationen die Traditionen erhalten hatte, wo noch der Geist der Zunft in den Werkstätten zu spüren war und wo er mehr über die Kunst der Salzglasuren lernen sollte. Da waren die Treffen mit Freunden meiner Mutter, mit der Familie, Verwandten und Bekannten, die Treffen an der Universität und die Diskussionen, die oft auch ihn und die Politik der USA betrafen, als die Wesensmerkmale der Kulturen erörtert wurden, die Geschichte beider Länder und ihre Verknüpfungspunkte verglichen wurden, die Unterschiede und die Gemeinsamkeiten eruiert wurden. Es war für ihn eine lehrreiche Zeit. Die Reise von der Neuen Welt in die Alte Welt. Und da war natürlich ich, das erste Kind, die erste Tochter und die junge Familie mit ihren Freuden und den Problemen.

## Interludium

Wenn ich über meine Wiese laufe, wenn ich zum Ufer des Flusses gehe, über diese Wiese, die einem Bild von Claude Monet gleich, voller Farbtupfen, voll roter Mohnblüten, den prächtigen, weißgeränderten Margariten, dem blauen Wiesensalbei im saftigen Grün, den Sträußen der vielblütigen Scharfgaben und der vielen anderen Wiesenblumen ist, wenn ich über diese Wiese laufe, ja schwebe, so betörend sind die Gerüche, so aromatisch die süßlichen Düfte, dann wandele ich gerne im Déjà-vus. Dann durchlebe ich immer wieder in gleicher Weise, den friedvollen Schauplatz, tauche ein in die wundervolle Welt der Imagination, reihe auf die inneren, sinnlichen Bilder, erschaffe den Raum der absoluten Ruhe, die vollkommene Welt der Harmonie, wo die Zeit dahinschwindet zwischen den Horizonten und meine schmerzlichen Gedanken wie von selbst verschwinden, sich auflösen in dem einfachen Reigen unvergesslicher Empfindungen, ausgespült in das weite, dunkele Nichts. Dann höre ich alles, was noch gehört werden muss, sehe alles, was noch bestaunt werden muss. Die Musik trägt mich fort in andere Gefilde, den Schwingen gleich der spirituellen Kraft, die diese Klangwelten erschufen. Dann tauche ich ab in das Reich der Bilder, der Gemälde und Malereien und schwimme im Bad der warmen Farben, die mich ummanteln und bekleiden, wie ein durchsichtiger Harnisch.

Aber wenn du meinen Namen flüsterst, wenn ich deinen Namen höre, dann verliere ich mein Gleichgewicht und die Balance der Gedanken. Dann wird die Wirklichkeit, dann wird die Gegenwart lebendig, dann stürze ich, vorbei an rauen Wänden, die mein Inneres zerfetzen, dann werden die Geister wachgerufen, die Toten auferweckt. Dann ist das Außen innen und das Innen außen. Mein gläserner Sarkophag, mein einziges Elysium bekommt Risse und bricht in tausende Millionen Stücke. Dann sehe ich mich wieder und immer wieder, in der Vergangenheit, der Gegenwart und in der Zukunft, dann sehe ich dich an meiner Seite, sehe dich im Labyrinth meiner Gefühle, ein Wirrwarr ohne Ausgang, ohne die Tür, die mich nach draußen, zurück in die Natur, in Feld und Wald, die Schöpfung, die mich wieder unter meinen eigenen, freien Himmel bringt.

# Siebter Satz  *allegretto*


Nach der Rückkehr meiner Eltern zu den Pennsylvania Deitschen, so wurden die deutschen Einwanderer in der neuen Heimat benannt, kauften sie bei Woodys den Fastback, den roten Wagen, der halbwegs verstaubt in der Garage stand. Das ältere Modell wollte keiner mehr haben, aber meine Mutter war dem nostalgischen Gefährt überaus zugetan und schon nach kurzer Probefahrt, der Motor sprang übrigens ohne langes Ruckeln einwandfrei an, nur nach dem sie die Straße hinab und wieder zurück gefahren war, wurde der Kauf getätigt, die Papiere ausgehändigt und ohne großes Brimborium fuhr meine Mutter mit ihrem ersten eigenen Wagen, abenteuerlustig, unabhängig und eigenständig zu unserem Blockhaus zurück. Den Führerschein machte sie erst ein paar Tage später. Ein Multiple Choice Test und eine Fahrt im eigenen Wagen, bei der eine Prüferin mit Klemmbrett und Federhalter neben ihr auf dem Beifahrersitz saß und sich Notizen machte. Das war schnell ausgeführt. Alles lief ab, wie am Schnürchen, nur die Dose mit dem Rostschutzmittel, die im Kofferraum kullerte, irritierte durch die Geräusche.

Bloom, where you're planted. Blühe wo du gepflanzt wirst, war ein Wahlspruch meiner Mutter, der in unserer Küche hing. Wie in Deutschland, war sie auch hier eine zuverlässige Besucherin der Bücherei und ich ihre ständige Begleiterin. Desgleichen waren Flohmärkte weiterhin Fundgruben für Bücher, Bilder oder Accessoires für unser Zuhause. Die wöchentlichen Märkte der Amish People, der Einwanderer, die noch immer ihre deutsche Sprache sprechen, die noch immer ihren Glauben leben, waren öfters ergiebige Handelsplätze und die ein oder andere Konversation konnte meine Mutter auch verstehen. Zudem kamen auch zahlreiche andere Antiquitäten Händler aus der Region zu diesem Markte. Besonderes Augenmerk auf ihrer Suche legte sie dabei auf Gegenstände, die ihr vertraut vorkamen, die sie an die

Heimat erinnerten. Eine alte Kaffeemühle, welche auch täglich benutzt wurde, ein mechanischer Quirl, Deckchen mit handgemachtem Design und sogar eine funktionsfähige Nähmaschine, welche mit einem Pedal und mit einem Riemen angetrieben wurde. Ein Modell, das sie noch von ihrer Großmama aus Deutschland kannte. Ein bunter Quilt, eine zweckmäßige Tagesdecke in mühevoller Kleinstarbeit aus farbigen Stoffresten genäht, entstand unter ihrer Hand. Was mich besonders Faszinierte war das große Schwungrad, das sich unablässig bewegte und die spitze Nadel, die den Faden mit einer Schnelligkeit in die Stoffstücke einwebte, dass ich mit den Augen ihr kaum folgen konnte. Ein Wunderwerk der Technik für mich. Mit Spannung beobachtete ich die kleinen Teile, die sich im Spulenfach bewegten und wie sich der Faden von der Garnrolle über die einzelnen Ösen zur Nadel bewegte, wenn der Garn gewechselt werden musste. Wie oft habe ich die Mutter bei der Arbeit beobachtet, sehe noch heute ihre Silhouette vor der Stehlampe und habe sie dann mit dem Vater verglichen, der vor seiner Töpferscheibe saß.

Regelmäßig saß die Mutter aber auch an einem kleinen Sekretär über ihre Bücher gebeugt und studierte die Geschichte, speziell die Siedlungsgeschichte der neuen Welt, hatte dann auch mehrere Landkarten zur Seite, auf denen sie mit dem Finger einem Fluss folgte, den ein oder anderen Namen sagte oder den Vater danach fragte, um dann beim nächsten Besuch in der Bücherei wieder neue Bände zu durchsuchen, alte Mappen aufzuschlagen und einige Listen zu überprüfen. Ein noch größerer Schatz an Schriftgut stand ihr in der College Library zur Verfügung, welche ihr als neue Assistentin für das German Language Department zugänglich waren, eine Arbeit, die sie mit Stolz erfüllte, sie einige Stunden die Woche in geistvolle Sphären versetzte und das verdiente Geld ihr Selbstbewusstsein schenkte. An so manchem Tagesausflug in die nähere Umgebung, kam es auch vor, dass wir an einem Friedhof anhielten und sie die Inschriften der Gräber inspizierte, fotografierte oder in ihr kleines, schwarzes Handbuch

Notizen machte. Geboren in Heidelberg in Germany, gestorben auf dem Schlachtfeld der neuen Welt. Gravierungen, die ihre Fantasie erregten, die menschliche Schicksale wieder lebendig werden ließen, sie danach wieder ein Buch in der Hand hielt, um es schwarz auf weiß zu lesen, was die Geschichtsschreiber festgehalten hatten, welches Schiff wann und wo gelandet war, welche Siedlung gegründet und welche Kolonie ausgerufen wurde, die Ausbreitung der Spanier, der Franzosen und der Engländer, die Ankunft der deutschen Einwanderer, der Sklavenhandel, der Soldatenhandel, die Aufstände und der Unabhängigkeitskrieg, der Bürgerkrieg, der Genozid der Native Americans. Sie las welche Schrecken dem neuen Land durch die Neuankömmlinge auferlegt wurden, sich die Erde mit dem Blut der Menschen und Tiere tränkte und sich die Landschaft wandelte. Die Expansion des weißen Mannes ging weiter. Sie überrollte das Land in wenigen Generationen und die Spuren waren allerorten erkennbar und zu sehen. Die Leichen der Büffel überzogen die Prärie, ein sinnloses Schlachten. Die Native Americans mussten immer weiter fliehen, der weißen Menschenwalze weichen, die sich immer weiter in den Westen rollte. In kargen Reservaten sollten sie überleben und mussten dann doch das Fleckchen Erde verlassen, wenn die Bodenschätze wichtiger waren, wenn die neuen Siedler Land verlangten. Auch hier bei unserem Haus, in unserem Wald, dem Bach und den Wiesen. Auch hier waren schreckliche Dinge passiert und in Gedanken erlebte sie die Geschichten von neuem.

# Interludium

Gibt es eine gedankenlose Zeit, eine Zeit, in welcher keine der Neuronen schafft und macht und wirkt? In der keine der Synapsen sich entleert, die grauen Zellen schweigen? Vielleicht in der Nacht, wenn wir keine Träume haben? Oder sind wir uns der Träume nicht bewusst, die unsere Erinnerungen verwalten? Sind wir uns nur der Bilder nicht gewahr, die lautlos weiter laufen, der Film, der vor unserem inneren Auge noch im Dunklen weiter brandet? Ist uns der geistige Kosmos nicht erkennbar, arbeiten die grauen Zellen ohne unser Wissen weiter? Folgen sie ganz unbewusst dem Geist? Gerüche, Geräusche, Farben und Konturen, das körperliche Empfinden, Fragen, Sorgen, Zweifel, Glück und Liebe, Emotionen, Hunger, Durst, Sehnsüchte und Begierden, das ganze Kaleidoskop des Lebens dreht sich in unserem Inneren weiter, der Abdruck unserer Welt, oft unerkannt oder unbedacht. Auch hier am Fluss kommen mir diese bunt gewürfelten Gedanken, wenn ich in das fließende Wasser blicke, wenn ich wie seelisch berührt die Zeit vergesse, ich mich im vollkommenen Nirwana auflöse und in Gedanken dem trägen Fluss entgegen schwimme, der absoluten Zeit entgegen schwimme. Die Sekunde wird zur Unendlichkeit. Ein Tropfen zum Weltenraum. Und so wie das Wasser mich ausfüllt, durchdringe ich alles Sein, bin Teil aller Dinge, vom kleinsten Stein bis zum Himmelskörper, vom Sonnentau, dem zartesten Moos auf dem Stamm bis zu den Baumgiganten und jedes Blatt an allen Ästen und alles was da keucht und fleucht. Ich schwimme weiter in die Vergangenheit und kann alles noch einmal erleben, das Universum wird in mir erneut lebendig. Der vergangene Raum und die vergangene Zeit werden in mir leibhaftig. Die Vergangenheit lebt in meinen Gedanken im Jetzt und weiter bis in alle Ewigkeit.

Dann lass ich wieder los und treibe Flussabwärts, vorbei an den kleinen Orten mit ihren Bootsstegen, an welchen bunte Jollen im Wasser liegen und mit den sanften Wellen und dem Wind sich wiegen. Ein Kirchturm ragt über die Häuschen und der Klang einer Glocke verkündet die halbe Stunde, während ich weitertreibe, unter dem schattigen Blätterdach der überhängenden Bäume, entlang einer hohen Felswand auf deren Gipfel junge Menschen herzlich winken. Dann fallen die Bilder vom Himmel, Bilder von Adam und mir im Wald und auf der Wiese, Bilder am Fluss, am Wasserfall oder vor unserem Zelt am Lagerfeuer. Bilder von einer Insel, ungestüm tollend am Strand, Bilder von roten Seesternen, von bunten Fischen im wallenden Dickicht der Korallen, zu welchen wir tauchen, Sterne im funkelnden Meer. Bilder von Adam in endlosen, weißen Korridoren und Bilder von Adam, der mir in die Augen schaut und weise lächelt.

Erinnerungen sind die geistigen Spuren aus der Vergangenheit.

Wir sollten viele Spuren hinterlassen.


Die Vergangenheit ist Erinnerung.

Die Zukunft gehört der Fantasie.

# II.  Akt

## Erster Satz  *andantino*

 Die ersten Hinweise die eine Reise ankündigten, waren die Karten, die unser Vater nach dem Essen auf dem Tisch entfaltete, während Adam im Hochstuhl noch mit seinem Brei spielte und ich, den Löffel konzentriert vor meinem Munde inne hielt, den Augen des Vaters folgte, die über das Netz von Straßen schweiften. Dann kam die Mutter mit dem Rand McNally Straßenatlas, der eigentlich immer in greifbarer Nähe war und in welchem ich so manche Entdeckungsreise im Geiste, durch die vielen Landschaften Nordamerikas gemacht hatte, und sie zeigte mit dem Finger auf einen Punkt oder Klecks und sprach von Nationalpark und Ausweis und Zelt und Angeln. In dem kleinen Winkel unter der Dachschräge wurden Schlafsäcke gesucht und gefunden und beurteilt. Neue Schlafsäcke wurden gekauft und ein Zelt für vier Personen. Ein Karton mit Essgeschirr füllte sich, ein kleiner Gaskocher, eine Wäscheleine und Klammern wurden erworben und die Schnur mit Angelhaken. Ich weiß auch noch, dass der Vater zum Schrottplatz fuhr und für unseren roten Fastback einen Auspuff suchte. Allerdings ohne Erfolg. Die Mutter sortierte die Kleider. Während ich mit Adam auf seiner Patchwork Decke saß, beobachtete ich, wie sie einzelne Bündel auf der verschlissenen Ledercouch aufbaute, die Kleider faltete, glattstrich und nachdenklich mit der Hand die Haarsträhne hinter ein Ohr steckte, ihren Kopf zur Seite drehte und uns mit einem liebseligen Lächeln anschaute. Adam kaute derweilen unbekümmert auf seiner hölzernen Fischrassel und steckte so ziemlich alles was er erreichen konnte in den

Mund. Um die Welt zu schmecken, to taste the world. Als er noch ein kleines Baby war, sog er auch an meinem Finger. Ein kurioses Gefühl, den Sog und den Gaumen zu spüren. Die Zunge, die sich an den Finger drückte. Zum Fressen gern, - vielleicht kommt der Spruch auch aus dieser Erfahrung. Ich kann es noch immer spüren, nach all den Jahren. Als große Schwester passte ich selbstverständlich auf, dass er keine gefährlichen Gegenstände in den Mund nahm. Die Mutter beugte sich zu mir, küsste meine Stirn, lobte mich als größten Schatz und Big Help, fasste Adam unter die Arme und zog ihn hoch auf ihre rechte Hüfte. Dann rieb sie ihre Nase an seine Nase, küsste seine Wangen, die Chubby Cheeks, die pummeligen Wangen und lief mit ihm zum Schlafzimmer, um weitere Kleider zu holen. Die ersten Monate schlief Adam im Schlafzimmer der Eltern, in einem Bett mit Gittern, aber oft lag er auch zwischen den Eltern, was viel praktischer war, wenn Mutter ihn in der Nacht stillen musste. Einmal, so erinnere ich mich, schlich ich mich auch unter die elterliche Decke und die Mutter in ihrer Müdigkeit, erfasste irrtümlich meinen Hals, in Verwechselung zu meinem Bruder, und zog mich an ihre Seite.

Und dann lagen wir viele Tage im Zelt nebeneinander. Das werde ich bestimmt nicht vergessen. Das war das Wunderbarste an der Reise. Wir, vereint, unter dem Dach des Zeltes.


Die Mutter führte ein Tagebuch und schrieb immer auf, was wir an Geld ausgegeben hatten, wie viele Kilometer wir gefahren waren, welchen Campingplatz und touristische Attraktion und welchen historischen Ort wir besucht hatten. Aber das sind nur sachliche Ausführungen. Mit Hilfe ihrer Aufzeichnungen kann ich den Verlauf der Reise nachzeichnen, kenne ich die Namen der Städte, der Flüsse und Seen. Es sind aber die zahlreichen raumlosen Erinnerungsbilder, die vielen kleinen Handlungen und Begebenheiten, die Intensität und die Nähe unserer kleinen Familie, die mir geblieben sind, selbst die Geräusche der Wellen, der strudelnden Bäche und die Stimmen der Natur, selbst die Gerüche des Waldes, der Geruch des Feuers oder der Klang der lärmenden Stadt sind mir geblieben.

Bilder einer sonnenbeschienen Wiese, im Tal, im frühen Morgenrot. Ich fliege wie ein Schmetterling um zwei Kinder, die im hohen Gras versinken, das anmutige, zierliche Mädchen nicht viel älter als ich, der große Bruder in einer braunen, abgetragenen Lederjacke, die bis zum Boden reicht, mit aufgerollten Ärmeln und einem Jagdgewehr in der Hand. Ein Gewehr, das er kaum halten konnte. Es ist die Sorge um die Kinder, die sich in mir formt, die diese Erinnerung bewahrt.

Eine Mauer aus Steinen, unendlich lang, einst von schwarzen Sklaven gebaut, die Unglaublichkeit der erzwungenen Leistung dieser Menschen, die ich nicht vergessen kann. Eine Höhle, ein unterirdisches Labyrinth mit Stalaktiten in gelben, beigen, braunen Farben, die eine magische Wunderwelt entfesseln. Ein versunkenes, unterirdisches Reich, in dem wir mit einem Boot auf dem aufgestauten Wasser schweben. Die unendlichen Felder mit Mais und Sojabohnen, soweit das Auge reicht. Die endlos gerade Straße, der wir entlang fuhren, die sich unter unser Auto schiebt und die mir mit geschlossenen Augen, weiter durch mein Gedächtnis fährt. Der Teich, an dem wir für unserer Picknick hielten, ein Feenreich der Dragonflies, der zauberhaften Großlibellen, in welchem wir, ich mit Adam an der Hand, den Elfen in Tagträumen folgten, wie Wendy und Michael im Never Neverland, im Nimmerland. Unser erster Zeltplatz an einem langgestrecktem See, an welchem wir unser Zelt aufbauten, Adam und ich ganz aufgeregt dem Vater um die Füße sprangen und helfen wollten. Er lachte und orderte uns die Schlafsäcke zu holen, den Adam kaum zu halten vermag. Der See, an dessen Ufer wir ein kleines Feuer entfachten und darauf unser Essen kochten. Es ist die Größe, die mich überwältigt und das Kleine, das mich fasziniert.

Ich sehe wie Adam in ein verborgenes Erdloch fällt, zum Schrecken der Eltern, die schließlich doch darüber lachten, als er mit verdutztem Gesichtsausdruck, erst halb erschrocken und letztendlich lächelnd, trotzig und abenteuerlustig seinen Kopf über den Rand erhebt. Ich rannte zu ihm und zog an seinen Händen, half ihm aus der misslichen Lage und er hält sich fest und schmiegt sich untrennbar an meine Seite. Ich sehe, wie wir die gesammelten, kleinen Stöckchen in das glühende Feuer warfen, sehe die Funken, die in den Nachthimmel sprühten, hinauf in das Firmament und die in das Reich der Sterne tauchten.

Noch größere Flamen, noch mehr Funken, loderten im Zentrum eines Amphitheaters, zu welchem wir nach dem Abendessen gingen. Ein Ranger hatte alle Gäste eingeladen und erzählte über die Pflanzen, die Büsche und die Bäume, über die Wälder und ihre Bedeutung, über die Tiere, die hier lebten. Er erzählte über die ersten Siedler, die Menschen, die hier am See sich niederließen und wie die Native Americans, die Ureinwohner, dem weißen Mann weichen mussten, wie sie Stück für Stück ihr Land verloren, ihre Kulturen verloren und ihr Leben.

Und er zeigte uns die Sternformationen, die Sterne, die schon seit tausenden von Jahren unsere Wegweiser waren und es noch heute sind. Die uns ehrfürchtig und staunend machen, nach denen wir greifen und unter denen wir geboren werden. Er zeigte uns den Polarstern, um den sich das Himmelsgewölbe dreht, die Axis Mundi, die Weltenachse, das Zentrum des Kosmos, der Nabel der Welt, das Himmelstor.

Wir saßen auf den Steinblöcken des Amphitheaters, das für diese Vorführungen errichtet worden war, das heißt, ich stand zwischen den Beinen meines Vaters und hielt mich an ihnen fest, während meine Augen den Fixstern fokussierten, ich auf den Nabel der Welt und durch das Himmelstor blickte. Ich schaute gebannt zum nächtlichen Himmel und lauschte den Worten des

Rangers, der von Schamanen erzählte und selbst wie ein Schamane im flackerten Licht des Feuers aussah, der von alten Mythen berichtete, vom Weltenbaum, die Weltachse im Zentrum des Kosmos, die die verschiedenen Ebenen der Realität durchbricht. Er zeigte uns die imaginäre Achse, die nach Sage der Ureinwohner, der Völker der untergehenden Sonne, im Mittelpunkt der Welt steht, in einer kleinen Höhlung steht, die gleichzeitig der Eingang zur Unterwelt ist. Von dort erfolgte der Aufstieg entlang der Weltachse und damit das Erscheinen des Menschen auf diesem Planeten. Ich dachte sogleich an Adam, der in diese kleine Höhlung gefallen war, der sich jetzt entlang dieser Weltenachse bewegte, die erste Dimension des Bewusstseins verlassen hatte, entlang der Achse durch das zweidimensionale Bewusstsein kroch und seinen Kopf schon in die dritte Dimension streckte, durch das Himmelstor blickte und den Raum ohne Zeit erspähte, zu den unendlich vielen göttlichen Ebenen des Seins blickte und mit den Ahnen redete und sie um Rat anfragte. So folgte ich den Ausführungen des Schamanen-Rangers in meiner Welt der Fantasie, ein Akt der Schöpfung, der sich in meinem kindlichen Geiste manifestierte und bis heute erhalten geblieben ist. Vielleicht war dies der Ausgangspunkt für meinen Wunsch zu den Sternen zu fliegen. Auch ich wollte den Raum ohne Zeit ausforschen, auch ich wollte die göttlichen Ebenen des Seins erleben.

## Interludium

Von einem bekannten italienischen Maler, der hier seit vielen Jahren in der Nachbarschaft lebt, lange bevor ich eingezogen bin, ein Herr Buonarroti, von ihm habe ich mir ein Bild malen las-

sen, eine Fresko, mit einem Spruch, den meine deutsche Urgroßmutter einst in ihrem Hauseingang hat aufmalen lassen. Herr
Buonarroti hat schon viele Fresken in großen Gotteshäusern gemalt. Wie er mir erzählte, hatte er einen reichen Vater, der ganz
andere Pläne für seinen Lebensweg hatte. Doch sein dickköpfiger
Eigenwille siegte letztendlich und schon mit dreizehn Jahren
lernte er die Kunst der Freskenmalerei. Er war auch Bildhauer
und Architekt, hat viele großartige Kunstwerke erschaffen und
auch Gedichte hat er geschrieben. „Ich bin nicht tot, ich tausche
nur die Räume. Ich leb´ in Euch und geh´ durch Eure Träume."
Dieser Spruch, diese Weisheit von ihm hat mir sehr gefallen.
Wenn er in seine Arbeit vertieft war, mit geschlossenem Mund,
zusammengedrückten Lippen und der Stirn in Falten, konnte
man ihn kaum ansprechen. Ich habe ihn oft beobachtet, wie er mit
dem Pinsel plötzlich inne hielt, wie er mit den Fingern durch seinen Bart streifte, nachdenklich die Wand anschaute oder durch
die Wand in andere Räume zu blicken trachtete. So konnte ich nur
erahnen, konnte mir vorstellen, wie sein Geist jetzt arbeitete, der
Geist, den er in seinen Werken Wirklichkeit werden ließ, der ihn
Bilder mit tiefgründigen Wahrheiten malen ließ, ja er selbst den
Geist als solchen malte und der für ihn über alle anderen sinnlichen Erfahrungen stand. Der Geist, den wir in seinen Bildern und
Skulpturen erkennen können, der durch seine Worte lebendig
wird und der in meinen Gedanken und Fantasieren weiterlebt.

„Dies Haus ist mein und doch nicht mein, dem Nächsten wird
es auch nicht sein, den Dritten trägt man auch hinaus, sag Wanderer: Wem gehört dies Haus?" Diese Weise, diesen Sinnspruch,
den er über meine Eingangstür gemalt hatte, hat ihm auch sehr
gut gefallen. Wie ein Bild im Bilde käme er sich vor, sagte er mir
und betrachtete den Wanderer vor dem Haus. Wenn wir zu Besuch bei meinen Großeltern in Deutschland waren, stand ich oft
vor dem Gemälde und verliebte mich in das kleine Bauernhaus
mit seinem Garten vor der Tür, dem Bauerngarten mit vielerlei
Gewächsen und den Sonnenblumen, die über den Gartenzaun

ragten. So wie hier. Der Wanderer mit seinem Stock und seinem Hut, blickt in Gedanken auf das schmucke Häuschen und ich las die Hausinschrift immer und immer wieder und fragte mich in kindlicher Weise: „Wem gehört denn nun das Haus?"

Kinder kennen keinen Tod. Nicht mit dem Bewusstsein, nicht in dem Bewusstsein der Unendlichkeit, das mir als erwachsene Frau gegeben wurde. Ich war verwundert, ich war befremdet als meine geliebte Aunty starb, meine Lieblingstante, die eigentlich keine richtige Tante war. Eine der wenigen Nachbarn, mit der sich meine Mutter angefreundet hatte und die ich als Kind auch ab und zu besuchen konnte. Ich war traurig oder eher mehr verwirrt und nachfragend, weil sie jetzt nicht mehr da war, um mit mir in ihrer Küche zu sitzen und zu reden und zu erzählen, während sie das Essen vorbereitete, das Gemüse putzte und die Reste aus dem Fenster zu den Hühnern warf. Ich konnte es noch nicht begreifen, dass sie nun nicht mehr mit mir auf der Bank unter dem Fliederbuch sitzen, und sie mir keine Geschichten, keine Fairy Tales, keine Märchen mehr erzählen würde. Ich wusste nur, sie war nicht mehr da. Ich sah diese Kiste auf dem Wagen, sah das Loch in der Erde und wie die Männer in Anzügen die Kiste mit den Seilen nach unten ließen, und wie die schwarz gekleideten Mittrauernden, die Blumen und die Erde auf die Totenlade warfen. Ich sah verworren in die Augen der Erwachsenen, die voller Tränen waren, ich sah zu meinem Vater auf, der mich an der Hand hielt und der mit einem quälenden, aufreibenden Blick in meine fragenden Augen schaute. Ich konnte den Tod noch nicht verstehen.

Ich wusste, sie würde jetzt in den Himmel kommen und würde in ein neues Haus einziehen, mit einem bunten Garten davor und mit Hühnern und mit einem Fliederbaum. Ich wusste es, so wie es nur ein Kind wissen kann. Aunty hatte mir vom Heaven, vom Himmel erzählt, von den Engeln und den Sternen, auf denen die Engel wohnen und die zu uns herunterschauen. Ich habe die weiße Taube gesehen, die von ihrem Grab in das himmlische Königreich stieg, ich habe gesehen wie ihre Seele auf den Schwingen des Vogels nach oben flog. Sie sagte mir einmal, so als hätte sie eine Ahnung auf das, was auf sie zukommen würde, ich müsste keine Angst vor dem Tod haben, sie habe auch keine Angst vor dem Tod, sie habe nur ein wenig Angst vorm Sterben. Aber sie würde dann auf mich aufpassen, weil sie ja in dieser Zeit überall ist und überall sein kann, wo auch ich bin, und sie würde Adam und mir weiter ihre Geschichten erzählen. Und so ist es ja auch gekommen. Im Traum habe ich sie noch oft gesehen. Sie saß auf der weißen Taube, wie Nils Holgersson auf dem Gänserich Martin und winkte mir auf all meinen Reisen zu. Sie flog über ganz Amerika, flog über die ganze Welt, über die Seen und das Meer bis zu den Sternen, dahin, wo jeder von uns sein Dasein hat.

Ich muss sagen, ich habe es hier auch gut getroffen. Die hellgrüne Eingangstür ist in der Mitte des Hauses und rechts und links von ihr ist ein Fenster mit Blumenkästen, genau wie in dem Bild. Auch vor meinem Haus ist ein bunter Garten, in welchem ich des Öfteren weile, arbeite und jäte. Mein Traumgarten bedarf der steten Pflege, weil ich weiß, dass die Natur viel stärker ist als ich, weil die Natur der König im Garten ist und mich nur ausnahmsweise walten lässt. Die Fenster zum Fluss habe ich vergrößern lassen, damit ich noch mehr Licht und einen größeren Ausblick habe. Der Natur möchte ich so nahe sein, wie damals auf unserer Reise um die Großen Seen. Nichts ist für mich jetzt schöner und wertvoller, als der Natur so nahe zu sein, mit ihr eins zu sein. Wie ein Kind streife ich wieder durch die Wälder, liege unschuldig im hohen Gras und lass die Sonnenstrahlen meine Haut erwärmen, unbekümmert, ruhig, als gäbe es keinen Anfang und kein Ende, nur die Ewigkeit, den Raum ohne Zeit.

# Zweiter Satz  *a tempo*

Mit dem Fastback fuhren wir weiter Richtung Westen. Unendliche Maisfelder und Felder mit Sojabohnen lagen links und rechts der Straße. Wenn ich die Augen schloss, sah ich die Straße vor mir in einem Punkt verschwinden und die Mauer der Maispflanzen zog wie ein Tunnel an mir vorbei. Adam war mehr mit den Kinderbüchern beschäftigt, schaute auf die Bilder der Tiere vom Bauernhof, auf die Tierkinder, die Fohlen, die Ferkel und die Kälbchen und biss ab und zu auf die Ecke des Einbandes. Ein wasserfester, grüner Bildeinband schien ihm besonders schmackhaft zu sein. Auch in der Badewanne zu Hause hatte er das Büchlein immer dabei. Im Kankakee River saß er mit dem Vater im seichten Fluss, schaute auf das Buch und klatschte auf das Wasser. Die steilen Felswände, die sich über ihnen emporstreckten, nahm er kaum wahr. Er war glücklich mit dem Wasser, das ihn umfloss. Er war glücklich mit der Welt, die ihn umgab. Immer wieder treffen wir auf Orte mit indianischen Namen. Der Staat Illinois ist nach dem Stamm der Illiniwek, ein Volk der „First Nations", benannt, deren Name mit „Jener, der unsere Sprache spricht" übertragen werden kann. Die ersten französischen Siedler nannten ihre Kolonie nach diesem Stamm. Letztendlich wurden die Ureinwohner, the People oft the first Nation, vertrieben oder starben an den eingeschleppten Krankheiten. Ein anderes Schicksal überraschte eine Gruppe von Menschen, die der Legende nach auf einen eindrucksvollen, sicheren Fels am Fluss geflüchtet waren, dem Starved Rock, auf dem sie dann belagert und ausgehungert wurden. Heute ist er eine touristische Attraktion und lädt zu einer Wanderung und einem grandiosen Ausblick ein. Ich erinnere mich allerdings an die vielen Fliegen und dass wir auf eine Sandbank flüchteten und Adam nur mit einer kurzen Hose bekleidet, mit Schippchen und Eimerchen am Ufer spielte, und er versuchte

Sandkuchen zu formen, die aber wegen des feinen Sandes auseinanderfielen. Die Sandbank hatte einen hellen, weißen, gleisenden Schimmer und ich lag zur rechten Seite Adams, mit den Füssen im Wasser auf meinem Rücken, spürte den warmen Sand an meiner Haut und schaute in den blauen Himmel. Ich schloss die Augen, hörte die Geräusche des zerreibenden Sandes, den Adam in seinem Eimerchen verrührte, spürte den leichten Wind, der über meinen Körper streifte und fühlte das Wasser, das um meine Zehen strömte. „Die unsere Sprache spricht", hörte ich und ich öffnete meine Augen, schaute auf Adam, der mit einem himmlischen Lächeln und seinen blauen Augen auf mich blickte, ich stützte mich auf meine Arme und sah nach hinten, wo der Vater und die Mutter auf der Decke lagen, sich von der Sonne bräunen ließen und vor sich hin träumten. Vor mir lag der bräunlich, grüne Fluss, spielte das träge, fliesende Wasser mit den Reflektionen der Sonnenstrahlen und kleine Wirbel, kleine Münder öffneten sich und erzählten ihre eigene Geschichte. Eine Geschichte ohne Anfang und Ende, der stete Kreislauf des Wassers, des Lebens, der Geburt. Dasein, Tod und Wiedergeburt. Nichts geht verloren. Alles, bis auf das kleinste Teilchen, bis auf das kleinste Sandkorn auf meiner Haut. Adam hält inne in seinem Spiel. Mit neugierigen Augen schaut er auf seine Faust, aus welcher der feine, weiße Sand herausrieselt und den der Wind zu mir herüber weht.

## Interludium

Der Fluss, der See, das Wasser war und ist für mich immer wichtig. Wasser bedeutet Leben. Aus dem Wasser sind wir geboren. Die Frucht des Wassers. Es trägt mich. Schwerelos schwebe ich auf ihm. Mein Geist schwebt auf ihm. Es erfrischt meinen Körper, benetzt meine Seele. Das Wasser ernährt uns. Nichts würde wachsen ohne das Wasser. Ein toter Planet.

Gott sei Dank, haben wir hier ausreichend Wasser. Es wird mir wiederkehrend bewusst, wenn ich an meinem kleinen Strand mit nackten Füßen im Fluss stehe. Wenn das klare Wasser über meine Haut streicht, fühle ich die Kühle, spüre ich die Bewegung, sehe ich, wie der Strom etwas Sand mitnimmt, den meine Zehen aufgewühlt haben. Wie damals in meiner Kindheit. Dann stell ich mir vor: „Woher kommt das Wasser, wohin wird es gehen? Aber natürlich weiß ich das. Wie alle anderen Menschen auch. Immer wieder haben die Menschen ihre Häuser am Wasser gebaut oder sogar auf Pfähle im See, als Schutz vor wilden Tieren oder vor Feinden oder einfach, weil es schön und zweckmäßig war. Auch neben unserem Haus im Wald gab es eine Quelle, die von einem Brunnenhaus umfasst wurde, das meine Urgroßeltern noch benutzten. Von dort holten sie ihr Wasser und in dem Häuschen lagerten die häuslichen Dinge, die gekühlt werden mussten, wie die Butter oder die Milch. Meine Mutter schätzte ebenfalls das kostbare Wasser aus der Quelle. Das klare, reine, frische Wasser zum Trinken, das aus den Tiefen der Erde, aus dem Speicher des Waldes kam und das in einem der Tonkrüge meines Vaters besonders lange kühl blieb. Als das Bad noch im Umbau war, stand sie gerne auf der Porch, der Veranda, wo eine irdene Schüssel und ein großer Krug das Waschwasser enthielt, mit dem sie sich täglich Gesicht und Hände wusch oder sie ihren Kopf über das Geländer hielt und  das erwärmte Wasser zum Waschen über ihre Haare goss.

Ein kleiner Bach floss am Rande der Wiese entlang, in den das Quellwasser eintrat und vielleicht sind die Vorfahren meines Vaters ihm gefolgt, sind dem Fluss entlang gezogen und dem Bach gefolgt, der sie an diese Stelle führte, den Ort, der ihr neues Zuhause werden sollte. So wie schon zu allen Zeiten, die Menschen dem Wasser gefolgt waren, auf den Flüssen entlang die neuen Welten erforschten und hier ihre bedeutendsten Städte, die Umschlagplätze und Handelszentren schufen, ihre Mühlen und Kraftwerke bauten. Und noch heute verraten uns die Namen der Orte, welche Menschen hier gewohnt, hier gesiedelt und entlang gezogen sind.

Dritter Satz     *andantino*

Auch wir folgten den Flüssen. Dem Wisconsin, der Fluss, der auf dem Rot liegt, wegen der roten Sandsteinformationen, die an seinen Ufern hervorragen. Auch sein Name ist indianischem Ursprungs, doch aus dem Wort Meskousing, wurde durch die Schreibweise französischer Erforscher und der englischen Adaption, das heute benutzte Wort Wisconsin. Eau Claire, Weyerhaeuser, Tomah, Duluth, Silver Bay, Namen von Orten, von welcher jeder seine eigene Geschichte schreiben kann. Ein Name, der dem sauberen Wasser gewidmet ist, einem bekannten Entdeckungsreisenden oder der die kurze Ausbeutung einer Region wiederspiegelt, in welcher ein Ort kurz aufblühte, bis alle Schätze gehoben, alle Tiere bejagt oder die lukrativen Ressourcen geplündert waren, eine Vorgehensweise, welche die weißen Neuankömmlinge in dem Land besonders oft zu Tage legten. Ausbeuten und weiterziehen. Chippewa Falls blieb mir in Erinnerung, Lake Wissota und der See, dessen Wasser sich hinter dem Horizont verliert. Lake Nipigon, Animbiigoo-zaaga'igan.

Meine Eltern legten Wert auf die Geschichte der Regionen, durch die wir fuhren. Auch die Besonderheiten der natürlichen

Umwelt, die heimischen Pflanzen und die Tiere oder die geologischen Eigentümlichkeiten waren immer wissenswerte Entdeckungen. An den vielen State Parks, an denen wir hielten, durchforschten sie die Bücher und Broschüren im Park Office oder im Nature Center, lasen all die Ausführungen zu den historischen Bauwerken oder den örtlichen Naturwundern. Der Shot Tower, in welchem Bleimunition für Schrotflinten hergestellt wurde, blieb mir als kuriose Konstruktion in Erinnerung. Die Wisconsin „Bluffs", Felsformationen, die wie Säulen in den Himmel ragen und Relikte des Wisconsin Sees aus der Eiszeit sind. Ich erinnere mich an den Aufstieg zu einem dieser Bluffs und das grandiose Panorama mit dem Canopy, dem Laubdach der Bäume, das sich unendlich weit vor mir erstreckte. Wir lernen viel über die Tiere und die Pflanzengesellschaften der Nationalparks. Wir wandern entlang des Amnicon, einem Fluss, dem schon die Ureinwohner nach der Eisschmelze gefolgt sind, auf der Jagd nach den Mastodons. Ein Fluss, wie viele andere hier, an welchem Kupfer gefunden und einfache, nützliche Werkzeuge und Waffen geschmiedet wurden. Als die ersten europäischen Siedler kamen, lebten hier die Ojibwa Native Americans, die auch die Chippewa genannt wurden. Sie lebten von der Jagt und dem Fischfang und was die Natur zu bieten hatte. Die ersten Europäer waren Jäger und Händler auf der Suche nach Bieber-, Otter- und Nerzfellen und sie handelten und tauschten ihre Waren mit den Native Americans. Das wenige Kupfer lockte wiederum andere weiße Pioniere an, die mit wenig Erfolg die Landschaft ausbeuteten, bis anschließend die Holzfäller ihr Glück versuchten und den Amnicon Fluss mit Logs, mit den gefällten Baumstämmen fluteten, die zu den Sägewerken am Lake Superior gebracht wurden, denn Holz für die neuen Siedlungen rund um die großen Seen wurde in Hülle und Fülle gebraucht. Auch die Sandsteine der Region wurden in Quarries, in Steinbrüchen, abgebaut und zieren noch heute die mächtigen Gebäude der großen Städte in diesem Landesteil. Kein Stein blieb auf dem anderen. Die Harmonie, das Gleichgewicht der Natur wurde zerstört. Die Seelen aller Dinge getötet und die Native Americans in Reservate gesperrt.

Kurz vor der kanadischen Grenze fuhren wir durch das Grand Portage Indian Reservation und über den Pigeon River. Wir folgten dem alten Trail, der um die High Falls, um die eindrucksvollen Wasserfälle führte, blieben auf den Fußspuren der Vorgänger, fuhren weiter gegen Norden in unbesiedelte Regionen, wo nur noch Bäume, nur noch Wälder, nur noch die Seelen der Elemente uns umgaben. An dem See, dessen Wasser sich hinter dem Horizont verlieren, fanden wir eine Lichtung, die groß genug für unser kleines, rotes Auto und unser Zelt war, die wie Fremdkörper in der natürlichen Umgebung wirkten. Vor uns schimmerte die spiegelglatte Fläche des Lake Nipigon, getränkt vom abflauenden Sonnenlicht. Sonne, Wind, Wasser, Steine, Wald und die Einsamkeit der Landschaft drängten sich in unsere Körper und füllten sie versöhnlich aus.

Adam und ich fanden schnell einen flachen, geschützten Strand mit einem feinen, schwarzen Sand, der sich wunderbar anfühlte und in welchen wir Hände und Füße eintauchten und unsere Beine damit bedeckten. Ich grub eine Mulde und Adam legte sich mit freudigen, kindlichen Lachsalven hinein und ich strich den Sand über seinen Bauch, damit er die Wärme der nachmittäglichen Sonnenstrahlen spüren konnte, die im Sand gespeichert war. Währenddessen hatte die Mutter größere, runde Steine gesammelt und vor unserem Zelt eine Feuerstelle geschaffen. Jetzt schaute sie verträumt uns und dem Vater zu, der auf einem der vorgelagerten, größeren Felsen saß und angelte. Es war das erste Mal, dass unsere Angelschnur zum Einsatz kam. Die einfache Nylonschnur mit Haken war an einen biegsamen Stock gebunden, der aus dem nahen Gebüsch geschnitten war. Als Lockmittel dienten ein paar Regenwürmer, die der Vater ebenfalls hier in der Nähe am Waldrand ausgegraben hatte. Nur dem romantischen

Bild des naturverbundenen Anglers wollte er sich hingeben, sich als Waldläufer versuchen, der in der kanadischen Wildnis überleben konnte. Gedankenverloren auf dem Fels sitzen und in die Ferne schauen wollte er, und vielleicht uns mit einem Fang überraschen. Aber plötzlich war er derjenige, der einen Aufschrei der Überraschung von sich gab, als tatsächlich am anderen Ende der Schnur, das sich verborgen, unsichtbar in der Tiefe befand, jemand zog, eine Kraft zu spüren war, die sich auf seine Arme übertrug, die ihn elektrisierte und er jählings aufsprang, den Stock fester mit den Händen packte, um anschließend zu uns auf den Strand zu springen, um das unbekannte Wesen nach oben und an Land zu ziehen. Und dann lag er auf einmal vor uns, der silberne Fisch, ein großer Fisch, der noch an dem Haken zappelte, noch mit dem Schwanz auf und ab schlug, bis der Vater mit einem kantigen Stein und einem kantigen Schlag, sein Leben aushauchte, er mit etwas Blut am Maul uns mit seinen kugelrunden, toten Augen anstarrte.

Adam und ich standen wie angewurzelt da und nichts und niemand schien sich zu bewegen, die Welt schien eingefroren zu sein im Jetzt und bis in alle Ewigkeit, so lange erschienen mir die wenigen Sekunden, bis Adam zu schluchzen anfing, den Zeigefinger in den Mund steckte und nach meiner Hand ersuchte. Adam, der noch nie einen Fisch hat sterben sehen, der noch nie ein anderes Tier hat sterben sehen, beginnt fürchterlich zu weinen, wendet seinen Blick von dem silbernen, leblosen Wesen auf dem schwarzen Sand und gräbt sein Gesicht in meine Hüfte, und ich spüre seine warmen Wangen, seine feuchte Nase auf meiner Haut und ich halte ihn fest, drücke seinen Kopf an meinen Bauch und spüre mit ihm den Schmerz, der dieser Kreatur, spüre das Leid, das diesem See angetan wurde. Auch mir fliesen die Tränen, bis uns die Arme unserer Mutter umschließen, sie vor uns kniend unsere Körper fest an sich drückt und uns mit tröstlichen Worten wiegt.

# Interludium

Die Erkenntnis, dass alle Stoffe, alle Dinge, alles Leben, alle Lebewesen miteinander verwoben sind, in einem Netz miteinander verbunden sind, dass alle Gebilde und Geschöpfe Teile eines Ganzen sind oder wie in einem Räderwerk miteinander verzahnt sind, lernte ich zunächst in der Schule. Bewusst wurde mir die Bedeutung dieser Zusammenhänge allerdings erst im Studium und als Erwachsene. Shania, meine Grundschullehrerin, lehrte uns, dass die Sonne der Motor allen Lebens ist. Dass die Pflanzen mit ihren grünen Blättern, dass die Bäume, Büsche, Kräuter und Gräser, dass die Algen im Meer, die Energie der Sonnenstrahlen absorbieren, in sich aufnehmen, diese Kraft gebrauchen um Atome zu Molekülen zu verbinden, sie in Form von Materie zu speichern und diese Materie weitergeben an all die Kreaturen, die sich von den Pflanzen ernähren. Das einer den anderen ernährt, bis sie wieder zu Atomen zerfallen. Materie, hergestellt aus den Bausteinen des Universums, den Elementarteilchen, dem Urstoff, welcher beseelt wird von der Energie der Sonne. Alles ist in einem unauflöslichen Sein miteinander verbunden. Auch wir Menschen sind mit all der belebten und unbelebten Natur, der Schöpfung verbunden. Verbunden mit dem Land, den Tälern, Bergen, Flüssen und den Seen und all ihren Lebewesen. Eingebunden in das kosmische Netzwerk, von der Geburt des Universums bis in alle Ewigkeit und alle Ewigkeiten davor. Verbunden auch mit denen die da kommen und denen, die gewesen sind.

Ce que vous etes

Nous le fûmes

Ce que nous sommes

Vous le serez

Das was du bist, das waren wir und was wir sind, das wirst du sein. Aus der Erde sind wir genommen, zur Erde sollen wir wieder werden, Erde zu Erde, Asche zu Asche, Staub zu Staub. Vereint mit dem Universum.

Shania kommt mich ab und zu besuchen und wir sitzen zusammen am Fluss, im Glashaus oder im Zimmer vor dem großen Fenster und schauen auf die Welt, auf das was uns alles umgibt, freuen uns über die Schönheit der Natur, über die Harmonie und den Frieden, die uns umgeben. Wir lachen über die ein oder andere Anekdote und entsinnen uns der Zeiten an der Schule. „Erinnerst du dich an die weiße Bohne, die du in den selbstgemachten Blumentopf aus der Werkstatt deines Vaters gepflanzt hattest? Wie du mich voller Erregung gerufen hast und begeistert auf den kleinen Sprössling aus der aufgesprungenen Bohne zeigtest? Danach hast du ein Bild gemalt, auf dem die Pflanze bis in den Himmel emporragte, wie in dem Märchen von Hans und die Bohnenranke. Du wolltest damals schon hoch hinaus, den Kopf durch die Wolken stecken und auf die andere Seite des Himmels schauen. Ich weiß noch, wie du allen Kindern in der Klasse erzählt hast, dass du auf den Ranken der Bohne hinaufklettern wirst, um zu schauen, ob es dieses Land in den Wolken gibt, in dem die Riesen leben und die Gänse goldene Eier legen, ein Land, in dem Märchen wahr werden und du wie Alice im Wunderland, mit den Blumen und Tieren lustige Lieder singen willst."

Die Märchen sind nicht wahr geworden, aber meine Träume schon.

Continue

## Dritter Satz    *andantino*


Wir saßen an dem knisternden Feuer, auf dem der Vater vorher den armen Fisch in wenigen Minuten gegart hatte und der, ich muss es gestehen, wie zarte Flocken im Mund zerrann, sich praktisch in uns auflöste. Auch wenn uns die Mutter erklärte, dass das Leben so ist, wie es ist, dass der kleine Fisch von einem großen Fisch gefressen wurde und dass es immer jemanden gibt, der größer und stärker ist und der den kleineren, schwächeren frisst, weil doch jeder etwas essen muss um zu leben, um zu überleben, war ich gleichwohl noch leidlich bedrückt und in Gedanken versunken und lag, im warmen, flauschigen Schlafsack eingepackt, tröstlich und sanft im Schosse meines Vaters, der mir zärtlich durch die Haare strich und mich stützte. Vor mir zuckten die lockenden Flammen des Feuers und spiegelten ihr Licht in den Gesichtern der Eltern und auch das wilde Geäst, die Zweige mit den rundlichen Blättern, die wie Hände schützend über uns ragten, reflektierten die flackernden Lichter. Wie gebannt schaute ich in die Glut und sah ein Glimmen, ein Lohen und Rinnen, sah die Flammen gleich rötlichgelber Zungen in die Dunkelheit flackern.

„Die unsere Sprache spricht" knisterte und knackte es aus dem Feuer. Ich schaute auf das friedliche Gesicht meines Vater, der aber unberührt und konzentriert zu dem Feuer blickte. Meine Augen glitten zurück auf die kleinen Feuersäulen, die aus den glühenden Mündern emporzuckten und ihre Geschichten erzählten. Von der Kraft der Sonne, die durch sie wirkte, von den Zyklen der Jahreszeiten, von Tag und Nacht erzählten sie. Vom Werden und Vergehen der Dinge, die in Ringen um ihr Herz gespeichert sind, um sie im Tode wieder lebendig werden zu lassen, so wie alles wieder lebendig wird. Wir sterben, um neu zu leben. Adam schaute mich an, mit Flammen in seinen Augen.

## Interludium

Wie oft habe ich in meinem Leben in die beseelenden, verzaubernden Flammen eines Feuers geschaut? Viel zu wenig wie mir jetzt erscheint. Feuer, Flammen und Glut sind für mich Synonyme völliger Zeitlosigkeit. Daran erinnere ich mich gerne. Während ich die Spiele der züngelnden Flammen beobachte, das Aufglühen der Holzscheite, das Aufleuchten der holzigen Strukturen beobachte, bleibt die Zeit für mich stehen. Oft genug verspüre ich die ausstrahlende Wärme auf meinen Augen und ich schließe kurz die Lider. Ich lege neues Holz nach und freue mich, wenn die Flammen überspringen, erst zaghaft, aber immer entschiedener ihre Naturgefährten umhüllen, die mit ihrer Schwerkraft die abgebrannten Scheite nach unten drücken und alles zerfällt in kleinste Teile, verschwindet mit dem Rauch und der Zeit. Ich sitze gerne allein am Feuer, ungestört dem Fluss der Gedanken folgend. Freilich, auch mit meinen Freunden habe ich meine Wonne oder mit der Familie, so wie früher, auch wenn Adam mit dem Stock das ein oder andere Holz bewegte und zum Fallen brachte. Selbst wenn keiner spricht, höre ich ihre Gedanken, sehe in ihren traumhaften Augen die stillen Wünsche und ihre grenzenlose Entrücktheit. Mit dem irdenen Becher am Mund, - aus der Werkstatt unseres Vaters,- leuchten die glänzenden Augenpaare über die Ränder und blicken in die Flammen, in die zeitenlose Ferne. Wenn jemand ein Abenteuer erzählt, schwingen die entflammten

Bilder mit der Geschichte und brennen sich ein in mein Gedächtnis, in mein inneres Sanktum. Ich schließe die Augen und sehe. Von Früher wird immer wieder erzählt. Von Feuerproben und Streichen. Von der Schule und den Reisen. Adam mit Vater an einem entlegenem See. Nur die Beiden. Allein. Ein Ausflug unter Männern. Die Radtouren entlang der Flüsse. Die Fahrt um die Großen Seen natürlich, und mit Grandpa und Grandma zu den Rocky Mountains, mit den riesigen Tannen, welche an heißen Tagen sonderbar nach Vanille riechen. Die Maare, nicht weit entfernt vom Haus der Großeltern in Deutschland, die wir erforschten. Die bunte Unterwasserwelt der Korallen im Riesenaquarium, die Urlaube am Meer und der Besuch im Children´s Museum in Virginia und auch die einfachen Episoden werden wiederholt kundgegeben, in welchen Adam mit Pax, unserem braven Hund über die Wiese tollt und sich beide im hohen Gras verstecken, wie er als Baby im Waschbecken in der Küche ein Bad nimmt, wie er an seinem ersten Geburtstag die Erdbeertorte rund um den Mund und über sein Gesicht verteilt und, ja auch von der Zeit als er in der Klinik war, wird ab und zu gesprochen.

Continue

Dritter Satz *andantino*

Der Morgen am See Nipigon, dessen Wasser sich hinter dem Horizont verlieren, beginnt dramatisch. Die wärmende Sonne stand schon über den Wäldern und nachdem wir Hände und Gesicht am Ufer des Sees gewaschen hatten, uns mit albernden Gekicher nass gespritzt hatten, saß ich dicht an Adams Seite auf einem bemoosten Baumstamm, noch mit feuchtem T-Shirt und wir frühstückten. Cereal, - Müsli mit Haferflocken, Rosinen und andere getrocknete Fruchtstücke, Cornflakes und Kokosflocken, Nüssen und Leinsamen. Selbstgemischt von unserer Mutter, in Milch eingeweicht. Ein Frühstück, das wir fast täglich zu uns nahmen und so manches mal mit selbstgepflückten Beeren oder Früchten bereicherten. Wir blickten auf die erloschene Feuerstelle und ich freute mich, dass das Sonnenlicht schon intensiv durch das Blätterdach drang, meinen Bauch und meine Schultern wärmte und unsere kleine Lichtung erleuchtete. Ich drehte den Kopf zur Seite, kaute in Selbstzufriedenheit oder kindlichem Glück und schaute zu meinem Bruder. Adam rinnt Blut aus dem linken Ohr. Ein schmales, rotes Rinnsal entfließt dem Gehörgang und zieht sich bis zu seiner Wange. Ich empfinde eine Panik aufkommen, Ängste, die mir fast die Tränen in die Augen drücken. Ich höre meinen Aufschrei, sehe wie die Mutter aufschaut und zu uns eilt. Das Blut aus dem Mund des toten Fisches blitzt in meinen verzweifelten Gefühlen auf und ich sitze wie erstarrt an der Seite meiner Mutter, die Adams Ohr inspiziert und mit einem trockenen Tuch das Blut abtupft. „Black Flies", sagte mein Vater. Kleine Mücken, Kriebelmücken werden sie in Deutschland genannt, die naturgemäß eigentlich überwiegend Nektar von Blüten trinken. Die Weibchen allerdings brauchen zur Entwicklung der Eier zusätzlich Blut von Wirbeltieren, welche sie an bestimmten Stellen mit einem Biss verletzten, einen chemischen Stoff mit ihrem Speichel in der Wunde freisetzen, der das Blut vor der Gerinnung schützt und sie dieses dann aufsaugen. Auch eine leichte Betäubung der Wunde wird durch diesen Stoff erwirkt und der Mensch oder das Tier bemerkt den Biss erst später. „Das können ganz schöne Quälgeister sein", erklärte uns unser Vater mit einer genauen Beschreibung der Lebensweise dieser Insektengruppe und dass er als Kind früher auch öfters gebissen wurde, wenn er mit seinen Freunden durch die Wälder streifte und entlang der Bäche nach Fischen suchte. Aber ich oder wir, denn die Mutter war ebenfalls besorgt, wie mir ihre Blicke, ihre Augenbewegungen verrieten, müssten uns keine Sorgen machen, dass wäre in ein paar Stunden bald vergessen. Am besten wir würden wieder am Strand spielen, denn den Wind, der über das Wasser fegt, konnten die Black Flies gar nicht leiden, sie blieben lieber in den windstillen Lichtungen und in der Nähe kleiner, fliesender Gewässer, in die sie ihre Eier ablegten. Ich hatte das kleine Insekt nicht gesehen, es musste so winzig sein, dass es in Adams Ohr kriechen konnte. Diese Vorstellung machte mir Angst. Ich hatte schon Albträume anlässlich eines Ohrzwickers, oder eines Ohrwurms gehabt, wie ihn meine Großeltern nannten. Allein die Vorstellung, der Gedanke, die Bilder in meinem Kopf, dass so eine Kreatur mit seinen spitzen, gebogenen Zangen am Hinterleib in mein Ohr kriechen könnte und wer weiß wie weit darinnen vordringt und was es da noch anstellen könnte. Dabei sind die Insekten sehr nützlich und tuen keinem Menschen was zu leide, wie mir meine Mutter erklärte. Aber die Fantasie kann auch diese Ängste Wirklichkeit werden lassen, genauso wie sie Hoffnungen wirklich werden lässt. Die Fantasie, - die Kraft der Einbildung, der Erfindung, der Vorstellung.

Als ich später diese Geschichte von unserem Camp Site am Lake Nipigon in der Schule schilderte, Shania hielt uns an und ermuntert uns, von unseren schönsten und eindrucksvollsten Erlebnisse zu erzählen, - und für mich war es gewiss eine bedeutende, dramatische Erfahrung -, erläuterte sie uns Kindern den Lebenszyklus der Insekten und im Sachunterricht blätterten wir danach in den vielen Bildbänden, die sie aus der Bücherei für uns geliehen hatte. Aber der Höhepunkt für uns Kinder waren die Raupen und die Schmetterlinge, die in unserer Voliere sich entwickelten. Richtig lebendige Tiere. Wie wundervoll und einzigartig es ist, wenn aus einem Ei eine Larve oder Raupe wird, eine Raupe, die sich ganz anders bewegt, etwas ganz anderes isst, ganz anders anzuschauen ist als der Schmetterling, der aus der Metamorphose entsteht. Wie kann das möglich sein? Schon in dem kleinen Ei, schon in den Genen sind die beiden Welten gegenwärtig. In diesem winzigen Nichts, mit diesen Winzlingen in dem mikroskopisch kleinen Nucleus der Zelle, sind die Baupläne für eine fabelhafte, dem Umfeld angepasste Raupe, einem segmentierten, fressenden Darmschlauch, von diesen winzigen Genen kommt die Anleitung zur Verpuppung, zur Umgestaltung zu einem fliegenden Wunder, welches sich hundertfach und mehr den blühenden Pflanzen angeglichen hatte, und alle tragen Tarn- und Warnfarben. Die Winzlinge sind da, die Gene, in Abermillionen Exemplaren, sie sind da und warten nur auf das richtige Signal, um ihre Gestalt anzunehmen. Metamorphose. Wie kam die Raupe auf die Idee ein Schmetterling zu werden oder der Schmetterling eine Raupe? Wir standen vor unserer Voliere und schauten den Raupen nach, die mit ihren ruckartigen, wellenförmigen Bewegungen über die gesammelten Blätter robbten, mit ihrem haarigen Körper und den dunkelbraunen Augen. Daraus wurde ein bunter, filigraner Schmetterling. Mit ungläubigen, staunenden Augen schauten wir fragend hoch zu Shania. Sie erzählte uns dann von der Erschaffung der Welt, die viele, viele hunderte von Millionen von Jahren gebraucht hat und dass noch immerfort neues Leben hervorgebracht würde. Ja dass der Zeitraum des Lebens so groß war, dass sich viele Lebensformen bilden konnten nach dem Bilde von Versuch und Irrtum. Dass diese Zeitspanne so groß war, dass der Zufall seine Spiele spielen konnte und dass dadurch viele Arten kamen und auch wieder gingen. Und dass auch solches für uns Kuriose bleiben konnte und dass das Unvorstellbare Realität wurde. Sie erzählte von einer Welt, unserem blauen Planeten, in der jedes Tier, jede Pflanze seinen oder ihren Platz finden würde und dass alle den gleichen Ursprung haben und alle miteinander vernetzt sind, dass einer den anderen braucht. Die Pflanzen beanspruchen die Erde, das Wasser und die Sonne. Die Tiere bedürfen der Pflanzen und ihrer Früchte und damit nicht zu viele Tiere alle Pflanzen fressen, gibt es die Carnivoren, die Tiere, die auch Tiere fressen, es gibt die Parasiten, die Bakterien, die Guten und die

Schlechten und viele, viele andere Kleinstlebewesen, die auf unserer Erde zu Hause sind und alle stehen in einem Gleichgewicht, einer Balance mit selbstregulatorischen Kräften. Zum Leben, zum Überleben und zum Weiterleben.

## *Interludium*

Shania kam gestern zu Besuch. Ihr neuer Freund Albert war wieder dabei. Er ist zwar etliche Jahre älter als sie, aber wenn nicht hier, wo sonst könnten sich seelenverwandte Menschen so unverweilt und erdenfern treffen? Und Seelenverwandte, das sind sie. Mit seinen weißen, wuscheligen Haaren sieht er aus wie ein alternder Troll. Shania sagt, er wäre noch immer wie ein Kind, schon immer gewesen und dass sie das so an ihm mag und weil er humorvoll und auch schlau wäre. „Seid wie die Kinder", ist ein Ausspruch Shanias, dem sie sich als Grundschullehrerin verschrieben hatte, denn was ist wertvoller, als das Naturell der Kinder zu bewahren. Albert fügt dann in schelmischer Weise bei: „Und das Himmelreich ist euer!" „Von Ewigkeit zu Ewigkeit", wurde mein Abschlusspart und wir grienten selbst wie die Kinder, verbunden in einem geheimnisvollen Bande.

Was kann himmlischer sein, paradiesischer sein, was kann einen Menschen mehr bezaubern und verzaubern, als unvoreingenommen Denken zu können, frei im Geiste, noch alle Möglichkeiten zulassen zu können. Unschuldig werden wir geboren, allein den natürlichen Bedürfnissen verpflichtet. Nur die Neugierde treibt uns an. Shania hätte diese Gabe, sagt Albert, den Kindern diese Begeisterung zu geben, Neues zu entdecken, die Augen für die Welt um sie herum offen zu halten. Er sagt auch immer, es komme auf den Standpunkt an oder den Standort des Beobachters und dass alles relativ sei.

Die Wirklichkeit ist immer die, die wir uns aussuchen, von unserem inneren Standpunkt aus betrachtet. Von der Außenseite betrachtet, ist die Wirklichkeit abhängig vom Ort und der Zeit und dem Betrachter. Es gibt so viele Gewissheiten, wie es Möglichkeiten gibt, so viele Vorspiegelungen, wie es Sterne gibt und deren Planeten und Monde dazu, also unendlich viele. Das hat er nicht selbst so gesagt, aber so wird es mir bewusst, wenn ich ihm zuhöre. Es gibt viele Welten, auch die, die wir nicht sehen oder sehen können. Jeder lebt in vielen Welten gleichzeitig, jeder auf seine Weise.

Ich muss sagen, ich habe mich auch in ihn vernarrt. Er drängt sich nicht auf und ist charmant und höfflich. Er ist musikalisch, spielt Geige und Klavier und hat uns schon mit dem ein oder anderen Stück verzaubert. Und er ist klug. Etwas, was wir Frauen an den Männern mögen. Er spricht gerne in Zitaten, auch mal verzückt blumig, versinkt plötzlich in Gedanken und wirkt dann so geheimnisvoll. „Das ist das schönste, was wir erleben können," sagt er, „das Geheimnisvolle und unsere Fantasie, denn sie ist unerschöpflich." Die Welt wäre ein Wunder und erst recht unser Geist. So wunderbar wie das Universum und noch viel vollkommener, denn mit unserem Geist können wir neue Welten schaffen. Einfach so. Und mit unserer Fantasie könnten wir auch das Leid aus der Welt schaffen. Wenn wir das wollen. L'inspiration peut changer le monde. Dafür bin ich sehr dankbar. Er hat viele Sachen vorausgesagt, die erst später bewiesen werden konnten. Er macht sich Gedanken über die Zukunft, über das Licht, über das Leben, über den Raum, das Weltall und die Zeit, so ziemlich über alles also. „Mehr als die Vergangenheit interessiert mich die Zukunft, denn in ihr gedenke ich zu leben." Das hat er vor vielen, vielen Jahren gesagt und ich freue mich ihn hier kennengelernt zu haben, denn die Zukunft ist nie so real, wie in unserer Fantasie.

Wir saßen am großen Panoramafenster mit dem weidlichen Ausblick auf die bunte, artenreiche Schmetterlingswiese, die angrenzenden, schattenspendenden Bäume und die gegen ungebetene Blicke abschirmenden Büsche mit den vielgestaltigsten Blüten und Blättern und den unterschiedlichsten Schattierungen. Der Ausblick leitete unsere Augen auf den gewundenen Weg, der zu dem lichtdurchfluteten Gartenhaus führte und am Horizont ruhte der silbern schimmernde Fluss, an dessen Ufer meine kleine Jolle ankerte. Ein Bild wie aus einem Gemälde eines romantischen Malers, voller Sehnsucht, voll Heimweh und Ferne. Freilich, mit vielen bunten Farben. Und war es nicht Monet, der mich erst letztens inspirierte? Mit seinen Bildern die Gefühle weckte, die ein ganzer Sommer, was sag ich, die vielen himmlischen Sommer eingefahren hatten? So wie der Bauer die Gräser erntet für das Vieh im Winter, sind viele Bilder, Bücher und Kunstwerke für mich die Ernte der menschlichen Impressionen. Ein Lichtblick, eine Lust, eine Hoffnung, eine Freude, eine Kostbarkeit und der göttliche Funke zu neuen Inspirationen. Ein Fenster in die ganze Welt des Seins und Scheins.

Die Sonne wärmte unsere Körper und beleuchtete unsere Gesichter und ich musste unvermittelt wieder an Adam denken, an die Bilder unserer glücklichen Familie und ich wünschte Adam wäre jetzt hier. Adam der Freigeist. Adam, with the Free Spirit.

Ich berichtete Shania und Albert von meinen Erinnerungen an die aufschlussreichen Schulstunden mit den Schmetterlingen, auch von den zahlreichen Kindheitserlebnissen mit Adam und meinen Eltern auf der Fahrt um die großen Seen, weil ich, wie ich ihnen anvertrauen durfte, mich seit einiger Zeit auf einer Gedankenreise befand, mich den Wundern der Natur und ihren Ausformungen hingab, mich an ihnen ergötzte und ihre Geschichte, den ganzen Werdegang vergötterte. Auch er, so bekannte er uns, stand schon dem ein oder anderen Wunder in Gottesfurcht gegenüber. „Wer sich nicht mehr wundern und in Ehrfurcht verlieren kann, ist seelisch bereits tot. Schau ganz tief in die Natur, und dann verstehst du alles besser," sagte er mir. Albert war ein guter Zuhörer oder guter Zuhörer geworden. Wie er uns gestand, war er in jungen Jahren oder früher oft ungeduldig, ja manchmal sogar jähzornig. „Mit jungen Jahren hat man ganz andere Vorstellungen, Begehren oder Erwartungen. Sturm und Drang, wie uns Herr Goethe erst kürzlich so hingebungsvoll schilderte. Jedes Alter hat seine zugehörigen Eigenarten und Werte. Fertigkeiten, Begabungen, Talente, Schöpferkräfte, die reifen. Aber eigentlich habe ich keine besondere Begabung, sondern ich bin nur leidenschaftlich neugierig. Wichtig ist, dass man nicht aufhört zu fragen. Diese heilige Neugier soll man nie verlieren und nichts anderes hat mich hierher befördert. Ich war immer auf der Suche nach einer Insel der Wohlwollenden und Besonnenen. Jetzt habe ich sie gefunden."

## Vierter Satz     *andantino*

Wir verließen unser Einsiedel am See, unser Wilderness Camp und fuhren weiter auf dem Trans Canada Highway, oder der Route Transcanadienne, wie sie im französisch sprechenden Teil Kanadas heißt. Zwei Tage später hatte der Wald uns in seinen Leib verschlungen. Die endlosen, nordischen Wälder und die Seen, fast im Minutentakt. Grün, in allen Schattierungen. Ein Elch trappt für einige Sekunden an unserer Seite. Ein Wolf kreuzt die fortwährende Straße, die sich Stunde für Stunde in unser Gedächtnis gräbt. Ich blättere in einem Buch über die Native Americans. Blicke in die bräunlichen, ernsten Mienen unnachgiebig ausschauender Gesichter mit tiefen Furchen und Falten, umfasst von langen, schwarzen Haaren. Zelte, die Tipis, stehen auf der Lichtung on the Road Side und Menschen schweben im Kanu über den tiefgründigen Long Lake, der sich zu unserer rechten in die Länge zieht. Die Jäger verfolgen das verängstigt schauende Mastodon und ein Goldgräber schwenkt kniend sein Sieb am Ufer, sein Maulesel steht teilnahmslos am Rand. Die Spur eines Four Wheelers überrollt den immerwährenden Schauplatz und ich presse meine Nase an die Scheibe unseres Fast Back und schaue hinaus in das vorbeiziehende Vergessene. Die Landschaft fliegt vorbei. Birken, Fichten und Tannen. Skelette abgestorbener Laubbäume recken ihre knochigen Hände schützend über die grünen Nachkömmlinge. Oder warnen sie uns? Stumme Zeugen der Vergangenheit, die vor dem Angesicht des weißen Mannes erstarrt sind. Wir rasten an einem See und beobachten die schwarzhaarigen Erben dieser Wälder, wie sie vom hölzernen Steg in das Wasser springen. Auch wir wollen ins Wasser. Planschen mit den fremden Kindern, unbefangen, mit neugierigen Blicken, mit vernehmlichem Lachen und einer nach dem anderen steigt aus dem belebenden Nass, bettet sich auf den sandigen Strand, um sich in der Sonne zu wärmen.

Adam macht Bekanntschaft mit einer Bedienung in einem Restaurant, einem Truck Stop. Er ist ein Charmeur, der Liebling aller Frauen, die ihn mit seinen blauen Augen, den blonden Haaren und den zarten, rundlichen Wangen am liebsten fressen würden. Zumindest kneifen sie ihm die Wangen und lächeln beseelt. Sie sprechen jetzt Französisch. „Ma Chérie." Ich bekomme meine Haare liebkost, immerhin. Am Abend treiben uns die Mosquitos in unser Zelt. Keiner will freiwillig zur Toilette oder den Duschen auf dem Campingplatz. Auch in einem Zelt in der Nachbarschaft weigern sich die Kinder in „distinguished Oxford English" das Zelt zu verlassen. Durch das Fliegengitter sehen wir das Firmament der funkelnden Sterne. Je näher ich dem Zeltgitter komme, dem Netz vor unserem Eingang, umso mehr Sterne sehe ich. Im

Traum fahre ich entlang der Milchstraße, Rechts und Links gesäumt von Sternen, dahinter die Galaxien. Die Milchstraße endet in unserem sternendurchfluteten See, an dessen Ufern hunderte, tausende, hunderttausende von Babyfröschen springen. Es gibt keine Menschen, keine Zivilisation. Nur noch Wald, nur noch Wildnis. Anishinaabeg, das Wesen, geschaffen aus dem Nichts, steigt aus dem funkelnden Wasser und beseelt alle Steine, Gräser und Pflanzen. Sein Geist fährt in die Bäume, elektrisiert die Luft. Es blitzt und donnert. Anishinaabeg segnet das Wasser und Nanabozo, der Trickster erhebt sich in Form eines riesigen, weißen Kaninchens. Es sitzt auf dem starken Ast eines Baumes, der in die Lüfte wächst und wächst und Nanabozo bläst Sand aus seinen Läufen überall um sich herum und neues Land entsteht. Gichi-manidoo, die Große Kraft aller Kreaturen, Dinge und Begebenheiten, verlässt das heilige Wasser. Wie eine bejahrte Schildkröte kriecht der Heilige Geist über die neuen Länder und hinterlässt mannigfaltige Pflanzen und Tiere in seiner Spur. Seit dieser Zeit steigen alle Wesen aus dem Wasser. Wenn das Wasser bricht, entsteht neues Leben. Wir werden aus dem heiligen Wasser geboren, dem Wasser unserer Mutter und dem Wasser ihrer Mutter. Das heilige Wasser durchfließt unsere Körper, von einem Wesen zum anderen, von einer Zeit zur anderen. Wir sind verbunden durch das heilige Wasser.

Ich wache auf. Ein Gewitter zieht über unser Zelt und die Blitze erleuchten das Canvas. Die Regentropfen hämmern in meinen Ohren, wie die mystischen Trommeln traumhafter Regentänzer mit Lendenschurz, die in einer Höhle um ein Feuer tanzen. Die Lichter flackern an den Höhlenwänden, die sich ausweiten, den Raum ausdehnen bis zur Unendlichkeit, bis in das siebte Paradies, in dem der ewig lebt, der im Augenblick lebt. Das ewige Leben, das nun vom Himmel fällt. Das Regenwasser benetzt alles um uns herum, auch in meinen Träumen, benetzt auch meine Erinnerungen, die aus mir wachsen, die sich strecken und erblühen und mir helfen ein höheres Wesen zu werden. Gichi-manidoo segnet seine

Schöpfung, er segnet uns. Adam liegt mit mir zwischen unseren schlafenden Eltern. Seine Augenlider sind geschlossen. Er träumt. Er atmet ruhig. Unschuldig und allwissend.

## Etüde

Kosmische Harmonie nannte es mein Vater. Wenn er in seiner Werkstatt vor der Töpferscheibe saß und seine Hände den geschmeidigen Ton bearbeiteten. Wenn er in seiner Arbeit aufging und wie durch Meditation in einen Zustand der Glückseligkeit geriet. Ein gutes Werkstück, ein Meisterstück nannte er das Objekt, das den kreativen oder spirituellen Funken überspringen ließ. Wenn Form und Farbe, Struktur und Raum im Gleichgewicht seiner Gedanken korrespondierten. Es ist die Kunst des Schöpfers Freude zu bereiten, den Geist zu erregen, das Feuer zu entfachen, die Aufmerksamkeit zu erwecken, zu entzücken. Das Aaaaah und das Oooooh und das stille Genießen des Augenblicks der Entdeckung und der spirituellen Erkenntnis. Du beginnst das Kunstwerk und weißt am Anfang nicht wie die Arbeit tatsächlich enden wird. Auch seine jahrelangen Erfahrungen, das scheinbar Planbare schützen ihn nicht vor dem einen Touch, der einen Berührung, dem einen Zuviel oder Zuwenig, das sein Werk in Disharmonie bringen konnte. Der eine zu reichlich applizierte Farbstrich, der zu kurze oder zu lange Handgriff am Gefäß, der das Auge irritiert. Die Flammen im Brennofen, die Turbulenzen, das Salz, die Glasur, die Reduktion und die Oxidation, die Beschaffenheit des Tons, die Beigaben, die Zeit, viele erfahrbare Faktoren und doch sind die Kunstwerke auch ein Ergebnis des Zufalls oder des Glücks. Wenn ihm ein Stück besonders gelungen erscheint, sagte er auch: „Das war gottgewollt." Wenn es der liebe Gott so will, dann fügen sich alle Komponenten zu einer, zu seiner irdischen Vollkommenheit. Jedes Glanzstück ein Unikat, jeder Akt der Schöpfung einzigartig. Sind nicht die Werke meines Vater auch eine Metapher der schöpferischen Kraft, die neue Welten schafft, neue Dinge macht? „Von Erde bist du genommen, zu Erde sollst du werden." Den Hauch des Lebens erweckt der Nutzen, der Gebrauch und die Zweckdienlichkeit dieser tönernen, zerbrechlichen Gefäße, in all ihren Möglichkeiten und Variationen.

Ton hat auch mich schon früh begeistert, als mein Vater ihn mir in meine kindlichen Hände gab. Die weiche, formbare, erdige Masse, die einen inspiriert und animiert, die das Verlangen weckt, sie zwischen den Fingern zu reiben, den Ton zu ergreifen, zu berühren und zu formen, kleine Schalen, kleine Figuren zu kreieren oder die Gefäße, aus denen man trinken kann, und ich bald lernte die ersten Töpfchen für meine Pflanzen selbst zu gestalten. Ich den Daumen in die Tonkugel drückte und weiter und fester, konzentrierter und immer vorsichtiger die Wände immer dünner und höher knetete. „Fühle den Ton, höre was er dir sagen will, welche Form er haben will," leitete mich mein Vater an. Er zeigte mir, wie man den Ton knetet, so wie das Brot, ihn damit geschmeidig macht, die kleinen Lufteinschlüsse herausdrängt. Er zeigte mir wie ich den Ton über meinem Knie zu einer Schale formen kann, wie ich ihn mit meinem Armgelenk zum Becher modellieren und walken kann, wie ich mit gerollten Tonwürstchen die Ränder erhöhen kann, immer weiter, höher, die Töpfe aufbauen kann. „Du musst dich vom Ton führen lassen, musst ihn fühlen und vertrauen, musst seine Möglichkeiten kennenlernen." Ich habe dann die Oberflächen mit einem feuchten Holz gerieben, geglättet, auch mit meinen Fingern und Spucke oder mit einem glatten Stein poliert, bis die Oberfläche glänzte, bis mein Schatz vollendet war. Es war mehr als ein Schatz, ein Juwel, es war etwas, das ich selbst erschaffen würde, selbst erschaffen hatte, meine Kreation. Ich arbeitete konzentriert, wie abgenabelt von der realen Welt, mit Stolz und kindlichem Tatendrang. Manchmal stellte er meine Gefäße mit zu seinen Arbeiten in den Brennofen, aber oft saß die ganze Familie an einem Feuer, jeder mit seinem Werk oder den Werken in den Händen und wir übergaben die Töpfe den Flammen, die sich in die Materie einbrannten, ihre Form festigte und ihr Dasein bestätigte. Materie aus dem Regelwerk der Äonen, geschaffen aus dem Felsen durch die Erosion von Wind und Wasser und dem Zahn der Zeit. Der Abrieb des harten Gesteins, der Staub der Sterne, an den sich im heiligen Wasser das Leben anhaftete. Ton, der Staub der Sterne, die Matrix für neues Leben.

## Interludium

Wie einfach das Leben doch ist, wenn man bequem auf seiner Liege sich ausspannt, den Kopf gegen das weiche Kissen legen und sich einfach den Gedanken hingeben kann. Ich habe mir die Liege am Ufer zurecht gemacht, weil das Schreiben und das Lesen meine Augen ermüdet. Ich nun einfach in der Sonne dösen will, vor mich hinträumen will, jenseits aller Wirklichkeiten. Ich die Augen schließen will und das Summen der eifrigen Bienen und Hummeln hören will, die im Geäst der Kirschbäume von Blüte zu Blüte streifen. Das Brummen der ungezählten, feenhaften, klaren Flügelpaare, die mit rastlosen Schwingungen, die Motoren des Lebens antreiben. Ich höre die zierliche Blaumeise, die mir über ihr Leben erzählt, in lebhaften, kecken Tönen ihr Lied einstimmt. Die auch dann noch singt, den gleichen Gesang anstimmt, wenn alles Leid überwunden ist. Das immer gleiche Lied der Natur, das auch nach unserem Tod gesungen wird.

Ein Lastkahn zieht vorbei, mit Erde beladen. Ich höre das Klopfen der Maschine, das wie das Herz eines uralten Stahlrosses beständig zeitlos schlägt, das Anschlagen der Wellen am Strand. Ich sehe mit geschlossenen Augen und schweife ab in andere, ferne Gefilde, erinnere mich an diesen See und schon fällt mir ein weiterer Gedanke in das Wasser und taucht auf an der Küste einer griechischen Insel, einer romantischen Bucht, in der ich mit Adam um die von Seeigeln und Muscheln betressten Felsen schnorchele. Es war der Tag, an dem er schwimmen lernte. Es waren die Taucherbrillen, die uns die Eltern gekauft hatten, die Taucherbrille, die seine Augen schützten, die das Eindringen des Salzwassers in die Nase verhinderte und ihm den Mut gab, das Meer zu betreten, sich an meiner Hand dem Wasser anzuvertrauen, weiter zu schwimmen, weiter entlang der Vorsprünge, Riffe und Höhlen, die zwischen dem Geröll entstanden waren. Vom Wasser getragen, gleiten wir über das Heer der stachelbewehrten Schwarzen Seeigel. Einige bunte Fische stochern an den Felsen. Einige Algen und kleine Fächerkorallen wiegen sich im Gang der Wellen. Eine Muräne schiebt ihren Kopf aus einem finsternden Versteck und erschrocken hält sich Adam fest an meinen Arm. Ich, die selbst erstarrte, spüre seinen festen Griff und halte instinktiv inne, gebe ihm Sicherheit und so schweben wir bewegungslos auf dem Wasser, über uns der endlos, blaue Himmel, unter uns das Nichts, gefangen zwischen den zwei Welten und ich wünschte ich könnte ihn auch heute noch so halten.

Warum erinnere ich mich an diese Szene? Warum erinnere ich mich überhaupt? Warum erinnern sich Menschen an die Geschehnisse in der Vergangenheit? Wenn ich will, kann ich jederzeit daran denken, an das Meer, an die Unterwasserwelt. Ja, ich kann uns sogar von unten sehen, von einem anderen, von einem neuen Gesichtspunkt aus. Wenn ich will, kann ich auch unsere weißen Körper aus der Luft erkennen, gleich einem Vogel über dem Meer. Sehe, wie die Beine sich behutsam, froschartig bewegen, die Handschalen das ungetrübte Wasser durchschneiden, wie der

Kopf sich wendet, wie die Augen die Felsen erwartungsvoll absuchen. Und ich spüre seine Hand, die sich an meinem Arm festhält. Darum erinnern wir uns, darum erinnere ich mich, denn so ist Adam doch noch bei mir.

Ich habe von Experimenten gelesen, die bestätigen, dass auch Tiere sich erinnern. Es muss etwas Gutes daran sein. Erinnern, um zu lernen. Dafür ist die Erinnerung besonders wichtig. Lernen, aus dem was früher geschehen war. Erinnerungen, die mich erfreuen, die angenehme Glücksgefühle wecken. Auch das ist gut. Aber die Erinnerungen an herzzerreißende Geschehnisse? Was ist daran gut? Wie können sie uns helfen? Ich wünsche sie zu verdrängen, die Erinnerungen zu verbannen, das Nachsinnen abzuschließen. Aber wie soll das gehen, wenn es doch geschehen ist. Es ist ein Teil meines Lebens. Es sind Geräusche, die diese widrigen Erinnerungen wecken. Das Schlagen der Wellen am Ufer, der Puls der langsam verebbt. Es sind Gerüche, die diese Bilder zurückrufen, wie das feuchte Handtuch mit der Seife, die Adam immer benutzt hatte. Eine Geschichte in einem Buch, ein Zeitungsartikel, die darüber berichten, ein Nachruf für ein Kind. Bilder an der Wand oder eine seine vielen kindlichen Zeichnungen, die ich beim Stöbern unter den aufbewahrten Memorialien gewahre, die meine, die all diese Erinnerungen wecken. Die Lebenserinnerungen, das bin ich, das sind wir, das bin ich in dir und du in mir. Alle Erinnerungen sind unser Leben, sind mein Leben, sind dein Leben, das was war und ist und sein wird. Sind all die Gedanken in unseren Köpfen. Ich muss darüber nachdenken. Die Sonne ist heute sehr intensiv. Ich nehme meine Kissen, die Tasse und ziehe mich zurück in den Schatten der Bäume.

# Fünfter Satz *allegro*

Wir erreichten die Stadt Montréal im Staate Quebec. Hinter uns lagen hunderte Kilometer Asphalt, die unendlichen Wälder, die Myriaden von Stechfliegen, Kriebelmücken und Blutsauger, die um die tausendmal tausend, schönen Seen im Gebüsch und dem Unterholz lauerten, auf die Dämmerung warteten und auf unser Blut. Gewässer, die bei rechtem Licht, bei blauem Himmel und weißen Wolken, uns einladen, doch mit dem Kanu wiederzukommen, weiter nach Norden zu steuern, in unbewohnte Regionen, Regionen, die meine Fantasie anfeuern. Das Unbekannte erforscht, die Neugierde stillen, die mich treibt. Hinter uns die Wälder der Ojibwe, die Heimat der „First Nation People", die Heimat der Biber, Otter und Bären, die Heimat der Elche, Wölfe und Eulen und all der Tiere und Pflanzen, die mir bekannt und unbekannt sind.

Und dann waren wir in der Stadt. Mit unserem kleinen, roten Flitzer steuerten wir durch die Schluchten der Häuser, Wolkenkratzer für mich, die wie riesige Stifte, wie stumpfe Nägel aus dem Boden ragten, die aus der Unterwelt emporgetrieben wurden, um der neuen Menschen Dasein zu bestätigen, die Zivilisation festzuhalten, an diesem Ort zu fixieren, als Bollwerk gegen die Wildnis, die Natur und den Tod. So viele Menschen. Kinder, Männer, Frauen, in modischen Kleidern, mit knappen Shorts oder in bunten Röcken. Mädchen, die lachend nebeneinander vorbeiziehen, in kurzen Röcken, mit schwarzer, bunter, blauer Bluse, mit rotem Halstuch und mit Sonnenbrille. Männer mit dunkelgrauen Anzügen, mit Krawatte, vor dem Portal aus Glas und Steinen. Eine Familie mit Kinderwagen, sommerliche Gewänder, ich schaute nach vorne, zur Seite und drehte den Kopf nach all dem Gewimmel, nach den Menschen verschiedener Hautfarben. Sie laufen und stehen, hinter geparkten Rädern und vor Eisverkäufern, vor Schildern und bunten Reklametafeln, stehen am Schaufenster und sitzen draußen im Café. Als wären alle Menschen der Welt zu diesem einen Ort angesogen worden, zumindest alle, die in den Wäldern vor der Stadt keine Heimat fanden. Der Verkehr pulsierte durch die Straßen, wie Blut in den Adern. Schaufenster mit Lichtreflektionen, in denen die bunte Welt der Waren angeboten wird. Vorbei an einer Gruppe von jungen Menschen, die Schilder in die Höhe halten. Nur ein Bruchteil von Sekunden, dann sind die Bürgersteige leer. Laternen, Gitter, Tafeln, ein Kaleidoskop der Farben und Formen, die mich verwirren und ich schau zu meiner Mutter, welche den Weg nach draußen sucht, raus aus der Stadt zu einem Campingplatz im Grünen, sie, der auserwählte Navigator mit der Karte. Adam ist auf sein Ringspiel konzentriert, schiebt die Kreise ineinander, spürt nicht das Stopp und Go, das ständige Anhalten und Anfahren. Ein schleifendes Geräusch ertönt, wie Metall, das auf Metall reibt, aber der Vater lässt sich nicht beirren, steuert auf die großen, grünen Schilder zu, immer in Richtung Osten. Der Strom der Metallkarossen zieht uns in die Mitte, über eine graue, rostige Brücke aus Stahl, mit hoch geschwungenen Trägern, vernietet. Eines der Fahrzeuge triftet an uns vorbei und eine Frau mit Sonnenbrille und langen schwarzen Haaren, die im Fahrtwind wehen, schaut zu mir herüber. Sie lächelt und sie winkt. Ich lächele zurück. Ein besonderer Moment. Ein kurzer Augenblick. Unwiederbringlich vergangen. Dahin, vorbei, vorüber.

Wir campieren am Ufer des Sankt-Lorenz-Stroms. Über die Rapides de Lachine, die Stromschnellen des Flusses, sehen wir die Skyline der Stadt. Die Stadt hat uns aufgewühlt und erschöpft. Die Lichter der Hochhäuser leuchten schon auf, wie funkelnde Katzenaugen vor dem dämmerndem Firmament. Mit diesem Bild vor Augen schlief ich ein.

# Etüde

Was für ein Menschenwerk, die Städte. Was haben die Menschen schon alles erschaffen. Schon vor tausenden von Jahren riesige Steine bewegt, Pyramiden erbaut. Die Steine auf Berge transportiert, Städte in Felsen gehauen. Haben in riesigen Tempelanlagen gelebt und haben sie wieder verlassen. Haben Werkzeuge erfunden und die Gesteine zu Säulen geformt. Häuser aus Lehm und Holz und Häuser aus Stein und Beton geschaffen. Denkmäler erstellt und ein Heer aus tausenden Lehmsoldaten. Haben riesige Skulpturen errichtet, Kathedralen erbaut, um ihren Göttern zu dienen und Kultstätten, um die Gestirne zu erforschen. Zu Tausenden, zu Millionen wohnen und leben sie jetzt in den Metropolen, arbeiten, schaffen neue Güter, Besitztümer, Schätze und Kunstwerke, Bibliotheken, Museen, Fabriken und Krankenhäuser. Kommunizieren, telefonieren, skypen und digitalisieren. Sie forschen und erfinden immer wieder Neues. Ihr Wissen vermehrt sich. Maschinen, Computer und Apparaturen lassen sie weiter Reisen, lassen sie neue Räume erobern, lassen sie mehr von der Welt erfahren und die Welt beherrschen. Vernetzt im Netz der weltumspannenden Trabanten, im Dickicht der künstlichen Wellen und der Strahlen. Energie fließt in unterirdischen Kabeln, Wasser in Röhren. Die Stadt muss versorgt werden und Abfälle und Abwasser entsorgt werden. Ein stetiger Fluss von Waren, von Lebensmitteln und was der Mensch zum Leben braucht. Aber scheinbar brauchen die Menschen sich selbst, brauchen ihre Kultur, um zufrieden zu sein. Nur wenige sind alleine glücklich. Auch wenn sie denken können, auch wenn sie wissen können, das Wissen um diese Erkenntnis reicht nicht aus. Die Natur des Menschen ist stärker, die ureigenen natürlichen Bedürfnisse setzten sich durch, lenken ihr Verhalten, bestimmen ihr Schicksal. Der Mensch lebt nicht vom Brot allein, er will glücklich sein, will seinen Geist beschäftigen, die Leere füllen. Die Neugierde treibt ihn an und er beobachtet und erkennt. Jetzt greifen sie auch nach den Sternen. Erforschen mit Antennen und Teleskopen die Unendlichkeit des Raums. Sie suchen noch immer nach dem Ursprung und nach dem Sinn, nach der Zukunft und der Weisheit und dem Geist.

## Interludium

Hier hat jeder seinen eigenen Garten, hier gibt es keine Hochhäuser. Hier weiß man und muss nicht wissen. Hier ist man nicht mehr auf der Suche. Hier bin ich Ich. Ich schließe die Augen und ich sehe, ich höre, auch wenn es still ist. Ich stehe, auch wenn ich falle und fühle, auch wenn mich nichts berührt. Ich lebe in der Zeitlosigkeit. Dem Moment. Und das ist gut so. Shania sagt auch, dass die Hektik der Menschen sie verzweifeln ließ. Diese Unruhe. Die Suche nach Ablenkung, die Angst vor der Leere, der Langeweile, die Angst vor der Sinnlosigkeit. Der Tod wurde völlig ausgeblendet. Der Tod existierte nicht. Aber vielleicht war das auch gut so. Wer will an den Tod denken, wenn er lebt. Wenn er leben will. Adam wollte leben.

## Sechster Satz  *allegro*


Adam hatte ein paar neue Schuhe bekommen. Wir fuhren am nächsten Tag mit dem Bus in die Stadt, nachdem der Vater unser treues Gefährt in der nahen Werkstatt abgegeben hatte. Zwei bis drei Tage müssten wir warten, bis das Ersatzteil von der Westküste bis hier nach Montréal kommen sollte. Nach der Ruhe der Wälder, nach dem Gleiten auf den Seen, war die Stadt ein neues Abenteuer. Meine Mutter wusste von den Dingen, die wir gebrauchen konnten und forschte nach passenden Kleidern und Schuhen. Adam hatte in den letzten Wochen nur selten seine Schuhe getragen, am Strand und auf den Zeltplätzen war das nicht nötig. Auch die Windeln waren nicht von Nöten. Auf unseren einsamen Campsites lief er mit nackten Füßen und in Unterhose herum. Oft genug erkannten wir auch sein Bedürfnis, wenn er plötzlich innehielt, dastand mit seinem Eimerchen in der Hand und der Kopf errötete. Dann schauten uns seine himmelblauen Augen fragend, unschuldig an und wir rannten nach dem Töpfchen, das griffbereit im Wagen lag. Jetzt brauchte er neue Schuhe und sicherheitshalber kauften wir Windeln. Ich war ja schon groß, die große Schwester, schon selbstständig, aber ich hielt mich fest an der Hand des Vaters, der mit den Weg erkundete, nach Geschäften Ausschau hielt und im Allgemeinen auf uns achtete und die Menschen beobachtete. Wir waren das erste Mal in einer Großstadt. Noch mehr als die Häuser und Menschen am Tag zuvor, war es jetzt die Geräuschkulisse, die mich überwältigte und die Tatsache, da ich nur etwa halb so groß wie die Erwachsenen war, nunmehr aufblicken musste und das Gewirre der vielen Beine mich umwog. Adam hatte im Tragesack auf den Schultern meiner Mutter eine bessere Aussicht und ich quengelte den Vater, dass er mich doch auch hochheben sollte, mich auf seine Seite nehmen sollte. Ladenpassagen durchquerten wir, Hallen mit Kleiderläden. Restaurants wurden begutachtet. Bücher, Bilder und Kleinkunstobjekte, Möbel, Spielsachen, eine Schnecke aus Porzellan, rote Tassen, ein alter Kinderwagen, ein Roller, den ich auch gern hätte, viel zu viele Dinge, die meine Augen auf sich zogen, die meine Aufmerksamkeit forderten und mich ablenkten. Die Tonwaren in einer Kleinkunsthalle wurden inspiziert. Filigrane Objekte mit unterschiedlichem Design, das an chinesische Kunst aber auch an die Zeichnungen der kanadischen Ureinwohner erinnerte. Strichzeichnungen diverser Vögel waren zu erkennen, vielleicht ein stolzer Pfau oder doch ein Truthahn? Fische, eine Schildkröte, ein Fuchs und Bilder, die einen Biber darstellten. Es waren Werke eines indigenen Künstlers, eines Töpfers aus der Region, der, wie ich in meinen kindlichen Gedanken meinte, all diese Tiere aus der indianischen Schöpfungsgeschichte für mich auf Ton gebrannt hatte. Inspirieren lassen nannte es mein Vater. Schauen was es alles gibt und darauf aufbauen, neue Ideen sammeln und die Vorstellungskraft beleben, das anschauliche Denken fördern. Das Geschirr war ihm zu grell in den Glasuren, er liebte die ursprünglichen, die traditionellen Farben.

In einem der verzweigten Gänge kam uns ein zwergwüchsiger Mann entgegen. Ich musste mich so erschrecken, dass ich mich an das Bein des Vaters klammerte. Er war viel kleiner als ich und doch ein alter Mann und schaute mir mit ernsten Augen entgegen. Aber dann lächelte er und zwinkerte mir zu, als mich der Vater auf die Hüfte nahm.

Fremd waren die Rolltreppen und unüberschaubar die architektonischen Ausbildungen. Ville Souterraine nannte es der Reiseführer, die Unterirdische Stadt. Eine Welt unterhalb der Welt, so viele Lichter, Schaufenster und Läden. Eine riesige Halle, den Bahnhof, den Gare Central durchquerten wir. Überall glatte Böden, die mir wie Marmor erschienen, die wie Spiegel glänzten und auf welchen kein Stein, kein Stock, keine Hindernisse den Weg versperrte, so wie ich es in der Natur erfahren hatte. Außer die vielen Menschen, die uns begegneten, die aus den Läden kamen, die kreuz und quer die Passagen bevölkerten und die Durchgänge verstopften. Dann waren da die Stiegen, die nach unten wiesen, zu kühleren Ebenen führten, Rolltreppen, auf denen wir wieder nach oben fuhren, die uns nach oben navigierten, zurück in die irdischen Sphären, mit der Sonne und dem azurblauen Himmel über den Wolkenkratzern, die aber an keiner Wolke kratzen konnten.

Vom Goethe-Institut in Montréal, das wir per Zufall passierten und mit neugierigen Blicken das Schaufenster inspizierten, bekam meine Mutter verschiedene Poster von deutschen Kulturstätten. Für zu Hause, wie sie sagte. Das Schloss Neuschwanstein selbstverständlich und die Pfahlbauten im Bodensee, auch ein Bild der beeindruckenden Burg Eltz war dabei. Wir kehrten ein in eines der vielen Familienrestaurants, wo Adam wieder die Herzen der Kellnerinnen eroberte, und wir kosteten Eis in einem der Eislokale, ein ganzer Becher für mich allein. Den nächsten Tag erholten wir uns am Strand des Badesees im Park von Sainte-Catherine, dort, wo auch unser Zelt stand. Ich war noch immer befremdet über die vielen Menschen, die Familien mit ihren Decken und den Picknickkörben, den Kindern in bunten Badeanzügen und mit noch bunteren Wasserbällen, Gummibooten, Plastikreifen und erschrocken über den Abfall, den sie alle hinterließen.

## Interludium

Ich erinnere mich, dass ich an diesem Tag vor unserem Zelt saß und über das Wasser blickte, über die Stromschnellen des Sankt Lorenz, mit der Skyline der Großstadt im Hintergrund und ich mich fragte, wie hat es wohl hier früher ausgesehen, ist der Fluss noch der gleiche, wie vor hundert oder tausend Jahren? Der Fluss, der an meinem Garten vorbeizieht, ist schon uralt, schon seit undenkbaren Zeiten hier. Er ist träge und beharrlich. Seine Quelle liegt in der Unendlichkeit und ich versuche in Gedanken die Quelle zu erreichen aber immer wieder weicht sie in noch weitere Ferne zurück. Wie oft habe ich schon geglaubt den Ursprung zu sehen und dann war es doch nur eine Einmündung, war der Strom verdeckt von mächtigen Bäumen oder zog sich in einer Krümmung um ein Gebirge, um dann wieder den Blick frei zu machen bis in die Unendlichkeit. Es gibt keinen Anfang und es gibt kein Ende. Der Fluss der Dinge wird immer fließen. Es sind nur die Formen und die Farben, die sich wechseln.

## Etüde

Der Fluss oder die Gewässer um Montréal, denn die Stadt wird vom Wasser umgeben, sie liegt auf einer Insel, der Île de Montréal, diese Gewässer und Inseln waren vor tausenden von Jahren vom Gletschereis bedeckt. Ich saß da und stellte mir vor, wie Vulkane hier brodelten, wie die Lava Richtung Meer floss, das damals ganz woanders lag. Ich stellte mir vor, wie der Regen auf das heiße Gestein fiel, verdampfte und das Geröll zum Platzen brachte, wie es barst und verwitterte und die ersten Pflanzen das Land eroberten. Und dass den Pflanzen die Tiere folgten, die Kriechtiere, wie Molche und Salamander, Tiere, die aus dem Wasser kamen und Tiere, die von fernen Regionen hier einwanderten. Und den Tieren folgten die Menschen, die Jäger, die das Mammut jagten, immer entlang der Flüsse, dem heiligen Wasser, das den

Weg in die neue Welt ebnete und welches eine Nahrungsgrundlage und ein Labsal für die Ureinwohner war, die Nomaden, die hier jagten und fischten und Früchte, Nüsse und Muscheln sammelten. Familien siedelten sich an. Der königliche Berg, der Mont Royal, gab ihnen Schutz vor den Fluten, wenn die Wasser über die Ufer drängten. Sie erbauten mit Palisaden befestigte und von Gärten umgebene Dörfer, versorgten sich von der Landwirtschaft und tauschten Waren, Felle und Töpfe, Messer und Schmuck. Sie tauschten ihre Waren mit den ersten französischen Seefahrern, mit den ersten Abenteurern, Glücksrittern und Spekulanten, mit den Neuankömmlingen aus einer anderen Welt, die sie vielleicht vorsichtig Begrüßten oder neugierig, zögerlich oder misstrauisch, ablehnend Beäugten, wegen der Geschichten, die sie gehört hatten über die neuen Götter, die mit großen, weißen Flügeln über das Meer gekommen waren und die von bösen Geistern begleitet wurden.

Und so beginnt die neue Geschichte. Der weiße Mann kam und mit ihm neue Krankheiten, der unsichtbare Tod. Mit ihnen kamen Schwerter, Waffen und Feuerwasser und mit ihnen kam ein neuer Gott, ein Gott, der seinen Sohn an ein Kreuz nageln und ihn sterben lässt. Und die weißen Männer wollen, dass die Wilden ihren Gott anbeten, ihm und ihnen dienen, dass sie ihre Kleider tragen und ihre Sprache sprechen, sie wollen ein neues Reich gründen, ein neues Utopia. Sie wollen die Wilden bekehren und zerstören derselben Paradies. Das Paradies der Nichtbesitzenden, die Wasser und Boden sich teilen und keine Besitzurkunden kannten. Die gemeinschaftlich ihr Volk versorgten und in ihren Gebeten die Natur verehrten. So kommen die Spanier, die Engländer und die Portugiesen getrieben von der Gier nach neuen Schätzen und nach Ruhm und alle wollen das neue Land für ihre Königreiche einverleiben, ihren Fürsten und Regenten dienlich machen, suchen das Eldorado, das sie aber nicht erkennen, weil sie geblendet sind vom Gold, vom Reichtum und der Macht. Die eingeborenen Familien verenden jämmerlich in ihren Dörfern, heimgesucht von der qualvollen Seuche, den eingeschleppten Pocken. Sie flüchten vor der maßlosen Gewalt, der Übermacht der weißen Menschen Rücksichtslosigkeit, der Grobheit und der Gewissenlosigkeit oder sterben im unabwendbaren Kampf, in Gottes Namen. Sterben im Kampf der Neuankömmlinge gegen ihre Völker, sterben im Kampf der Völker untereinander, der Engländer gegen die Franzosen. Weiß gegen Rot, Rot gegen Weiß, Rot gegen Rot und Weiß gegen Weiß. Der ewige Reigen der Geschichte, der fortwährende Kampf des Homo sapiens, - der Stärkere wird überleben.

Und so saß ich am Fluss und sah auf das neue Utopia, die neuen Tempel der Macht, die die Menschen unter sich begraben, die sie in Passagen und Schächte steckte und sie im Labyrinth der Bedeutungslosigkeit auf die Suche nach dem Leben sandte und die trotz aller Sprossen und Stiegen nicht den Weg nach oben fanden.

## Interludium

Aber das war mir damals alles nicht so bewusst. Erst in der Schule und als junge Erwachsene, erst als ich selbst nach meiner Herkunft forschte, mich selbst und meine Vorfahren als Einwanderer, als Invasoren sah, die das neue Land der unbegrenzten Möglichkeiten besiedelten, dachte ich an die Völker, die hier lebten, die wir verdrängten und töteten und mit ihnen ihre Mythen, ihre Sprachen und Kulturen. Wieviel reicher könnte unser Leben sein, wenn wir all diese geistigen Schätze integrieren könnten, sie miteinander in Verbindung bringen könnten. Wenn wir die Weisheiten der verschiedenen Völker befolgen würden, Weisheiten, die dem Wohl aller Lebewesen dienen. Die Weisheit, die in allen

Dingen steckt, die alles mit allem verbindet. Die Weisheit über das Leben.

Der Sinn des Lebens ist Leben. In all seinen Variationen. In all seinen Abhängigkeiten. Den universellen Gesetzen folgend. Von Ewigkeit zu Ewigkeit. Von der Geburt bis zum Tod. Vom Anfang bis zum Ende.

Aber in Gedanken können wir wandeln, von einer Welt in die andere, von einem Raum in den anderen. Wir können uns erinnern und in die Zukunft denken. Können uns Selbst-Ver-Wirklichen. Wir können erkennen. Die Erkenntnis des Seins und des Bewusstseins.

Ich lebe jetzt in diesem Sein. Bin die Konstrukteurin meiner eigenen Wirklichkeit. Meines eigenen Bewusstseins. Eines schöpferischen, eines schaffenden Bewusstseins, in dem ich lebe, in dem Adam lebt, in dem meine Eltern leben und alle die mir wichtig sind.

Ich erinnere mich, dass ich darüber nachdenken wollte. Deshalb sind alle Erinnerungen wichtig. Deshalb sind alle Gedanken wichtig. Nur mit Gedanken und Erinnerungen gibt es ein Bewusstsein. „Je pense, donc je suis", ich denke, also bin ich hat René Descartes einst geschrieben. Nur solange ich denke, nur solange ich mich erinnern kann, lebe ich und auch die Toten leben in mir weiter.

Jetzt ist es doch schon spät geworden und morgen kommt Shania mit Albert, und Christa hat sich angemeldet mit Charles, und Mike will kommen. Ich muss noch einige Vorbereitungen treffen, muss noch im Garten nachschauen, will noch die reifen Beeren ernten, die prächtigen Äpfel pflücken von diesem paradiesischen Baum, den Albert schon bewundert hatte, unter welchem ich schon selbst so manche Stunde weilte, und dem Summen der Insekten lauschte. Der Garten hat so viel zu bieten, so mannigfaltig sind die Früchte, sind die natürlichen Leckereien. Auch der Rhabarber ist dieses Jahr besonders gut gewachsen. Der reifen Tomaten gibt es eine Fülle, wie die Möhren, die Zwiebeln und die Radieschen. Die Pommes de Terre, die Erdäpfel oder Kartoffeln gedeihen prächtig und ich möchte gern von allen diesen Schöpfungen meinen Gästen etwas anpreisen. Möchte sie überraschen und in Staunen versetzen. Es sind auch die alltäglichen Gedanken, die mir bis hierher gefolgt sind, die mir wichtig sind. Das gehört auch dazu.


## Siebter Satz  *concitato*


Québec, war eine Stadt, die meiner Mutter besonders gut gefallen hat. Wie zu Hause, wie in einer europäischen Altstadt, schwärmte sie und zog uns durch die mit Touristen gefüllten Straßen, mit den Cafés, den Restaurants in den aparten Steinhäusern mit Blumenkästen an den Fenstern, den Handwerksschildern aus robuster Schmiedekunst an den Gebäuden. Es gab die Buchhändler und die Straßenkünstler, die Musikanten und die Maler, genau wie in Paris sagte sie uns und zeigte auf eines der vielen verführerischen Ladenfenster einer Boulangerie oder der Boucherie, der Bäckerei und den Metzger. Die alten Bogenfenster eines Kleiderladens mit kunstvollen Schnitzereien, die vielen Butzenfenster und Sprossenfenster in den verschiedensten Farben, die Straßenlaternen, die eine Nostalgie ausströmten, genauso wie die filigranen Wandintarsien, die Dachvorsprünge oder die verzierten Erker und Gauben. Wie überhaupt die aus der alten Welt mitgebrachten und altehrwürdigen Dekorationen, die Schriftzüge mit kleinen Details und auch der große Rahmen europäischer Wichtigkeiten, liebevoll gepflegt und erhalten wurden. Das holprige

Straßenpflaster, die alte Kirche, wir lassen uns treiben im Strom der Touristen, die Treppen hinauf zur Oberstadt. Eine Zitatelle, eine Festungsanlage mit alten Kanonenrohren auf welche wir uns setzen, Adam und ich. Ich halte ihn fest in meinen Armen, damit er nicht hinunter fällt, während die Mutter uns fotografiert. Ich rieche seine lockigen Haare, stupse mit meiner Nase an sein rechtes Ohr und sehe sein Lachen, das auf mich überspringt und uns zusammenschweißt.

Was war es jetzt, das mich erinnern lässt? Seinen Geruch wieder Wirklichkeit werden lässt, das Reiben seiner blonden Haare meine Nase kitzeln lässt? Die Gedanken schleichen sich ein. Nein! Sie schleichen nicht, sie rasen, sie jagen, sie preschen vor, sie feuern und beherrschen, sie drängen sich mir auf und kreuzen mein Bewusstsein. Der Eisverkäufer fällt mir ein, mit seinem bunt bemalten Wagen, von dem wir eine Kugel Eis bekommen, in einer Waffel, die Adam fast nicht halten kann. Der Luftballonverkäufer mit seiner bunten Wolke voller glitzernder Ballons, die Adam sicherlich in den Himmel hätten schweben lassen. Von der Citadelle schauen wir hinab auf den Hafen, in dem ein Dampfboot angelegt hatte. Mit einem Boot fahren wir später auch auf den St. Lorenz Strom hinaus, sehen den Montmorency-Wasserfall und wir pressen unsere Nasen an die Fensterscheiben, Adam und ich, schauen uns in die Augen, sie strahlen voll von Glück. Die Skyline der Stadt breitet sich vor uns aus und in der Dämmerung erleuchten die Straßenlaternen und die Fenster der Altstadt, die wie Puppenhäuser aneinander gereiht sind, wie Märchenhäuser aus purem Ton. Im Licht der Laternen erstrahlte die Stadtmauer mit wuchtigen Toren und über allem thronte eine mächtige Burg, ein Château mit hunderten von Fenstern, Giebeln, Türmchen und Rundungen. Ein Fenster öffnet sich und Adam winkt mir zaghaft zu. Die Augen fragend, nach dem Warum. Als wüsste ich die Antwort, als müsste ich die Antwort wissen. Ich halte mich fest an der Reling. Die Mutter nimmt Adam auf ihre Arme, ich halte die Hand meines Vaters und wir verlassen das Boot. Und ich schau noch einmal hoch zu dem Fenster, zu dem Château Frontenac, das nur ein exquisites, sehr teures Hotel ist, aber eine Château, für meine Mutter eine Burg, eine Feste aus ihrer Heimat, eine Bestätigung aus ihrer alten Welt, angesichts der Wandlungen, der Neuerungen und der Schnelllebigkeit auf diesem neuen Kontinent. Die alte Welt, die neue Welt, die eine Welt, das eine Leben. Adam wartet. Wir drängen uns durch die Massen der Touristen. Das Fenster war geschlossen. Eine Feste aus ihrer Heimat. Oder bin ich es, die abgleitet? Sind wir im Traum vermischt, drängen sich die Erinnerungen in meine, in die Fantasie?

## Etüde

Heimat. Das sind Erinnerungen und Bilder. Ich habe noch heute die Bilder der Burgen an einer Wand in meiner Bücherei hängen, die ich auf einer meiner Reisen in Deutschland aufgenommen hatte. Ich schaue sie mir hin und wieder an, nehme mir die Zeit. Ich war damals dreiundzwanzig oder vierundzwanzig Jahre alt und hatte gerade meine Examen für das Lehramt abgeschlossen. Ich wollte Lehrerin werden, so wie Shania an einer Grundschule arbeiten und als Belohnung, als Reward, habe ich mir diese Reise gegönnt und habe meine Großeltern, die Lieblingstante und ihren Ehemann besucht. Es war nicht meine erste Reise nach Deutschland. Als Adam vier Jahre alt war, waren wir zum ersten Mal zu Besuch bei meinen Großeltern, die mich nur als Baby kannten. Das war im Sommer. Der runde, eingebettete, vulkanische See, das Maar mit der Badeinsel, dem Campingplatz, die Patchworkdecke, auf der wir uns sonnten, entschlüsseln sich meiner eingespeicherten Erinnerungsbilder. Die einfachen Stühle auf der Terrasse der Gastwirtschaft, noch nass von unseren Badeanzügen, die blaue Badehose, das Handtuch mit der Micky Mouse, der Schatten des Sonnenschirmes, der Adams rechtes Bein frei lässt, der die Pommes auf der Gabel hält, abbeißt und seinen Kopf zu mir wendet. Ich spüre wieder diesen fragenden Blick. Warum? Die Eltern fragen sich mit diesem Blick, die Großeltern, die Freunde fragen. Warum? Ich gleite ab in das Unbewusste, in die eine, meine unbewusste Welt, in das Ich der Gedanken, die ich nicht kontrollieren kann. Tiefer und tiefer schlittere ich, vorbei an grellen Wänden, über glatte Abgründe, rissige, holprige Böschungen in eine unbekannte Welt, eine Geisterbahn, in welcher an jedem neuen Vorsprung, an jeder Rundung und durch jeden Spalt neue Gefahren auf mich zukommen können, neues Unbekanntes ausbricht, mich erschreckt.

Wir fuhren von Wittlich, wo die Tante wohnte, zur Burg Eltz, die Burg, die ich schon vom Poster aus unserem Wohnzimmer kannte, dem Poster, das meine Mutter in Montréal geschenkt bekommen hatte. Das Poster oder das Bild, das in unserer Küche hing, dem ich täglich unbewusst begegnete oder das mich in Gedanken in ferne Märchenwelten sandte, ich dem Prinzen dort begegnete oder den Zwergen und auch der Kater mit den Stiefeln entlang der Zinnen lief. Das Poster, das auch meinen Grandpa wissbegierig machte und er mit nachdenklichem Gesicht sich davon verwundern ließ. Eine Burg, die mir märchenhaft erschien durch ihre einsame, abgelegene und von Hügeln eingebettete Lage. Der Tag war traumhaft schön mit blauem Himmel und leicht dahinziehenden Watte-Wölkchen. Die Fahrt entlang der Mosel ein Vergnügen seinesgleichen. Der Fluss, der sich in Schlingen durch die hügelige Landschaft wendet, die mit Reben betressten Hänge und Steillagen, von Wäldern gekrönt, in dunkelgrünen Kleidern, über welche noch die ein oder andere Burgruine, die Kirche oder ein Kloster ragten. Die Städtchen mit ihren schieferbedeckten Fachwerkhäusern, den Erkern und den einladenden Restaurant Terrassen, den Laubengängen und den verwinkelten

Gassen. Die Ausflugsboote mit Wochenendausflüglern und den einträchtigen Feriengästen, ein Bild oder eine Stimmung, sommerlicher Heiterkeit, von Lebensfreude und Geselligkeit, so wie es meinem Vater schon gefallen hatte, wie er mit Begeisterung die „Alte Welt" erlebte, von ihr erzählte, vom Kannenbäckerland und seinen ereignisreichen Exkursionen und wie er die Lebensart seiner Vorfahren erahnte. Aber das ist jetzt auch schon lange her. Wir fuhren ein in das schmale Eltztal, hielten auf halben Wege zu der Burganlage und gingen den Rest zu Fuß.

Warum schweifen meine Gedanken ab? Ich sehe die Bilder der Burgen an der Wand und kenne die Geschichten, die Geschichte jeder Burg. Die Burg Eltz, die Burg meiner Vorfahren. Ich sehe den Weg entlang des Baches, sehe das Flüsschen, wie das Wasser über Steine strömt, wie Äste in das Wasser ragen. Ich sehe Adam, wie er am See steht, die Finger gespreizt, vor dem Gesicht. Der anfangs breite Weg wird schmaler und führt vorbei an schroffen Felsen, im Unterholz, der schattigen Buchen und Hainbuchen. Farne und Moose sehe ich. Adam, im Flur des Krankenhauses, mit fragendem Gesicht. Das Plätschern des Wildbachs neben mir, ich höre das Knirschen unter meinen Schuhen, das Rascheln des Laubes in den Bäumen. Menschen, die uns entgegenkommen. Das Blut, das kleine Rinnsal, das aus seinem Ohre fließt. Steinstufen, grob behauen, führen über eine Anhöhe. Bäume ragen über mir in die Lüfte, ihre Wurzeln fest verankert im Gestein. Die Äste greifen ineinander, strecken sich dem Licht entgegen. Es war doch nur ein kleiner, blauer Fleck, ein Bluterguss am Bein. Himbeerzweige haften an meiner Hose. Das Château, es lag auf einer Anhöhe, die Burg lag im Tal. Der Weg öffnet sich, führt heraus aus dem Wald und vor mir liegt der breite Bach, die lichtüberflutete Wiese und vor mir erhebt sich die Burg. Am Schienbein, vielleicht vom Fußball spielen. Schieferbedeckte Dächer, spitze Türmchen. Über grob behauene Steine steige ich nach oben. Riesige Stufen, die ich nur mit Mühe überwinde. Ich reiche meine Hände zu Adam, will ihn zu mir ziehen. Zum Innenhof, die Tür zur Kemenate. Sie steht offen. Ich gehe weiter, von Tür zu Tür, von Raum zu Raum. Ein Raum mit weißen Betten. Adam sitz vor einem roten, warmen Licht. Er schaut mir nach. Ich gehe in das Turmzimmer mit den verzierten Fenstergläsern. Efeu überwachsen. In der Mitte das Spinnrad mit der Spindel. Blut ist an der Spitze. Krankes Blut. Adams Blut. Er schaut aus dem Fenster und winkt zaghaft, fragend in die Ferne.

Ich muss mich setzen. Mein Fauteuil. Heute Abend kommen die Gäste. Es sind so viele Erinnerungen. Ein Schmetterling schwebt über die Wiese und erregt meine Aufmerksamkeit. Metamorphose, der Übergang zu einem neuen Sein. Das Gartenhäuschen, in weiß, wie ein griechischer Tempel, für einen Augenblick, für den Bruchteil einer Sekunde, erscheint es mir wie ein unförmiges, monströses Lazarett. Ein Kahn mit Erde beladen, zieht vorbei. Der Fluss schimmert im Licht der frühen Sonnenstrahlen. Der Fluss des Lebens. Der Fluss, der sich an dieser Stelle verengt, der Fluss, der sich durch meine Hirngespinste, durch meine Fantasiegebilde windet. So wie der Name Québec, der in der Algonkin-Sprache, „dort, wo sich der Fluss verengt," bedeutet. Die Algonkin gehörten zum Volk der Anishinabe. Anishinaabeg segnete das Wasser und Nanabozo bereitete den Boden für das Dorf Stadacona, die Siedlung der Sankt-Lorenz-Irokesen. Das Dorf gibt es nicht mehr. Die Sankt-Lorenz-Irokesen gibt es nicht mehr. Jetzt ist hier die Stadt. Québec, die Stadt mit dem Château. Mit den Türmen und Zinnen. Kleine Flaggen auf den Turmspitzen. Fenstern und Schießscharten. Verschachtelte Stollen führen unter die Erde. Ein Rittersaal. Von der Decke hängen beige OP-Lampen mit blendenden Lichtern. Am OP-Tisch liegen Spritzen. Sie müssen wieder punktieren. Ein Zwerg, ein alter Zwerg, lacht mir zu. Er hält seine Hand, Adams Hand. Die Kanüle ist fest in seinem Arm. Vinca minor wächst zwischen dem Gemäuer. Efeu kriecht den Wänden empor. Umhüllen den Erker. Durch das Fenster sehe ich die Badewanne. Adam badet. Er lächelt. So abgeklärt, bedächtig. Ohne Haare. Ich rieche die Seife in seinem Badetuch. Die Tunnel führen nach oben zu Fenstern mit Blumen, mit roten Blüten, im gleisendem Licht. Wolkenkratzer. Die Raumfähre hebt ab, endlich. Lift off. Die Illiniwek gibt es nicht mehr. Bösartige Seuchen. Die aus unserem Volk gibt es nicht mehr. Bösartiges Blut. Der Druck der Rakete drückt mich in den Sitz, wie ein Ozean aus Blei. Die Erschütterung ist gewaltig. Als wäre ich aus Glas, zerspringe ich in Myriaden von Fragmenten, implodiere und falle in mich zusammen, in mich hinein und schmelze zu einem massenreichen Stern, einer Supernova gleich, explodiere und leuchte auf im vollkommenen, göttlichen Licht. Nur für den Bruchteil der Sekunde. Bösartiges Blut. Adam gibt es nicht mehr. Es gibt kein Licht mehr.

## Interludium

Wie aus einem schwarzen Loch entwunden, wache ich in meinem Fauteuil auf. Es können nur Sekunden vergangen sein, wenn man die Zeit hier messen könnte. Der Kaffee in meiner Hand dampft noch und die flüchtigen Wölkchen flimmern auf im Sonnenlicht, das durch das Fenster der Bücherei einstrahlt. Flashbacks. Es kommt schon vor, dass mich die Erinnerungen übermannen. Flashbacks, intensive Erinnerungen, die ich erlebe, wieder durchlebe, wenn ich ein bestimmtes Bild sehe oder einen Geruch wahrnehme. Oft ist es nur ein unscheinbares Wort, ein Wort wie Heimat, das bestimmte Assoziationen hervorruft, ein Bild, dem eine Kaskade von Bildern folgt und dann ist es das eine Bild, das eine Bild, das die Schleusen öffnet, das Zerrbilder und Gefühle, Gerüche und Schmerzen, wie ein Wasserfall über mich herunterstürzen lässt, der mir die Luft nimmt, mich kaum atmen lässt, das sich mir der Körper krampft und die Hülle aus Glas, die ich noch bin, zerbricht, in sich zusammenfällt. Das Château, die Burg, die Heimat, die Reisen, Familie, sein Lachen, der Duft der Blüten, das Burgverlies und Adam kommt nicht mehr, ist nicht mehr.

Dieses Feuer im Gehirn ist durchdringend, brennt langsam herunter, doch bald lichtet sich der Rauch. Die Ausflüge, die Fahrten, die Reisen. Womöglich habe ich jetzt einige Reisen durcheinandergebracht. Québec. Ich frage mich, ob Adam sich auch an die Altstadtstraßen erinnern würde, oder an die Kanonen, die mir wie Ungetüme aus der Urzeit vorkamen. Ob er sich auch daran erinnern würde, an den Bürgermeister einer Stadt, der zu uns auf den Campingplatz kam, dem Platz, der noch ganz neu war und wir die Marshmallows am Feuer rösteten. Das Feuer brennt noch.

Würde Adam die gleichen Erinnerungen haben, die gleichen Bilder wiedergeben, die wir zusammen erlebt hatten? Vielleicht sind ihm die Menschen in Erinnerung, die bunten Kleider, die sommerliche Frische. Vielleicht sind ihm die Gesichter in Erinnerung. Das Lachen. Würde er sich an das Museum erinnern, das die Geschichte des Landes festhält? An die Vitrinen, die die Kulturstücke der Native Americans enthält? Der amerikanischen Ureinwohner. Sie und ihre Geister bewacht? Und all die anderen ethnischen Gruppen? Vielleicht sind es die Straßencafés, das gute Essen, der Schwips des Vaters nach dem Besuch im Restaurant. Oder ein Detail. Ein merkwürdiger Mann, der aus dem Fenster lehnt, mit einem Farbpinsel in der Hand. Die Schülergruppe, vor dem Denkmal, die mir so deplatziert erschien, so voll der Teilnahmslosigkeit, die nicht in dieses Bild mir passen wollte. Das Gefühl von Neugierde, Zufriedenheit oder sogar Glück? Es ist das gleiche Bild, das der Vater mit seiner Kamera festhielt und doch sehen wir die Hausfassaden, die Eisreklame, das Windspiel und die Menschen mit unterschiedlichen Augen, mit unterschiedlicher Bedeutung. An was würde Adam sich erinnern? Ich muss ihn das noch fragen.

Diese Erinnerungen sind die schwersten, die unerträglichsten. Sie drängen sich zwischen das Leben, wie Giftpfeile mitten in mein Herz. Sie liegen wie eiserne Fallen im bunten Blütenfeld meiner Fantasie, warten nur darauf zuzuschnappen. Auf jeder Gedankenreise, auf jeder Reise lauern sie hinter Kirschbäumen, am Strand, am See oder auf alten Burgruinen.

## Etüde

Adam sitzt mir gegenüber und schaut mich an. Er ist jetzt sechs Jahre alt. Wir sitzen in der Spielecke im Krankenhaus, aber wir spielen nicht. Ich kann den Blick nicht deuten. Fragend vielleicht. Wissend und besorgt. Schicksalhaft traurig. Die Eltern sprechen mit den Ärzten. Wir merken, dass etwas nicht gut ist, dass etwas sehr schlecht ist. Jetzt nimmt er doch ein Papier und beginnt zu malen. Die Familie, die Mutter, den Vater und mich. Pax, unser kleiner wuscheliger Mischlingshund. Ich beuge mich vor und nehme fragend auch einen Buntstift in die Hand. Wir malen zusammen, das Haus, die Werkstatt, die Wiese und den Wald. Wir spüren die Unruhe in unseren Eltern, sehen die Spuren der Tränen, gerötete Augen, die verspannten Gesichter, die erhobenen Hände, die sorgenvollen Blicke. Wir hören die Diskussionen, die Anrufe zu Hause und beobachten die bedrückten Besuche der Eltern meines Vaters.

Auch wenn ich dabei war, ganz nahe bei dem Geschehen war, sind mir viele Dinge nicht bewusst geworden. Vielleicht ist das auch gut so. Vielleicht habe ich sie verdrängt und sicherlich waren mir manche Zusammenhänge nicht klar, die ich als Kind noch nicht verstehen konnte, die mir erst viel später bewusst geworden sind, ich ihre Bedeutung erkennen konnte.

Ich weiß noch, dass wir vom Spielen und Tollen mit Pax auf der Wiese und im Wald nach Hause kamen und Adam einen blauen Fleck am Schienbein hatte. Nichts Bedeutendes, etwas das doch jedem Kind passieren kann. Ein paar Tage später entdeckte meine Mutter einen blauen Fleck im Nacken. Das war schon ungewöhnlich und besorgniserregend. Unser Kinderarzt sandte uns in die Klinik, für eine Blutuntersuchung, wie er sagte, wie immer mit seinem gütigen Lächeln und den Bonbons, die er uns beiden gab, Adam und mir, wie immer, wenn wir bei ihm waren. In der Klinik saß ich lange im Flur, mal mit dem Vater, mal mit der Mutter. Die Ärztin sprach mit meinen Eltern, die schweigsam, erstarrt zuhörten und bange Blicke zeigten. Auch sie lächelte uns an und meinte, dass wir das schon schaffen würden. Ich wusste nicht, was wir schaffen sollten. Adam musste zu einem größeren Krankenhaus. Das Krankenhaus in der Stadt.

Auf der Station im Krankenhaus, gab es viele Zimmer. Die Türen standen teils auf und ich konnte Kinder sehen mit ihren Müttern. Jugendliche, die mit einem Infusionsständer umhergingen, die keine Haare hatten. Eine junge Frau nahm Adam bei der Hand und führte uns in die Spieleecke, am Ende des Flures. Sie zeigte uns all die Spielsachen und die Bücher und die Bastelsachen. Aber Adam saß nur da. Wusste nicht was ihm geschehen sollte. Er sieht, was ich sehe und spürt, dass hier etwas anderes passiert als sonst. Nicht die Kinder vom Spielplatz oder aus der Bibelstunde. Wir schauen uns an, mit all den Blicken, die unsere Gefühle widerspiegeln und dann nimmt er doch das Blatt und beginnt zu malen.

Adam muss bleiben, viele Male muss er bleiben mit der Mutter an seiner Seite. Sie schläft die Nächte bei ihm. Wir kommen zu

Besuch. Ich bin allein zu Hause, allein mit meinem Vater und wenn er auch mir erklärt, was mit Adam passiert, kann ich es nicht verstehen, aber ich spüre, dass es sehr bedrohlich ist.

Auch Adam verliert seine Haare. Zu Hause dürfen wir nicht mehr spielen wie sonst. In der Schule fragen sie nach ihm. Ich sage er hat Krebs. Ich höre die fremden Wörter, Remission, Chemotherapie, akute Leukämie, Knochenmarkspende. Ich werde punktiert. Keine Remission. Zu aggressiv. Nicht heilbar.

All das durchlebe ich in meinem Fauteuil. In einem Bruchteil von Sekunden, gehen Jahre vor mir vorbei. Laufen die Bilder vor meinem inneren Auge. Eine Geschichte folgt der anderen. Nein, zwei, drei Geschichten laufen gleichzeitig, kreuzen sich und wechseln ihre Rahmen, strahlt das eine Licht heller, intensiver und übernimmt den Ablauf der Gedanken. Ich sehe wieder wie Adam lacht, wie er am Seeufer gräbt. Sehe wie er an meiner Seite schwimmt, wie wir über den Felsen schnorcheln. Sehe uns am schwarzen Strand, wie zwei hellhäutige Krebse, die mit den Armen und Beinen wackeln, wie wir im Boot über das Maar treiben. Erinnere mich an alle Reisen, an die endlosen Straßen, wie er in seinem Kindersitz mit seinen Sachen spielt. Sehe wie hinter ihm die Landschaft an uns vorüber zieht. Sehe wie ich aus dem Seitenfenster unseres roten Fastback schaue und sehe, wie unser Gefährt sich durch das Netz der Straßen windet. Wie ein rotes Blutkörperchen flitzen wir mit vielen anderen Blutkörperchen durch die Arterien der Metropole, durch den menschlichen Moloch. Immer mehr Fahrzeuge strömen in die Adern, von rechts, von links, aus Seitenstraßen. Sie drängen sich an unseren Wagen. Immer dichter, immer schneller. Sie schrammen das Gehäuse. Adam und ich halten die Hände an die Scheiben, so als wollten wir uns wehren, wollten die Gespanne von uns drücken, die merkwürdigerweise fast nur noch von weißer Farbe sind. Kaum ein anderes Gefährt ist zu sehen. Mit aufgerissen Augen, voller Entsetzen spüren wir, wie sich unser Fastback abhebt, wie er in die Luft geschleudert wird, wie er sich dreht, erst ganz langsam dreht, wie die Rakete, wie der braune Tank, das Projektil mit seinem weißen Raumschiff, weiter dreht und schneller wird, wie es an Fahrt gewinnt und plötzlich explodiert.

Ich wache wieder auf.

## Interludium

Heute ist so ein Tag, an dem mir all diese Gedanken kommen, die Erinnerungen an das Krankenhaus, an die verzweifelten Hilferufe meiner Eltern, an das Schweigen und die Trauer. Wahrscheinlich liegt es an dem Besuch heute Abend oder wegen der Besucher. Die Gedanken eilen schon voraus und ich sehe die lieben Menschen, die Freunde und ich höre sie schon sprechen. Ich weiß, dass Charles wieder über das Leben auf unserem Planeten philosophiert, ein ständiger Kampf ums Überleben, sagt er, und dass das Leben sich an die unterschiedlichen Bedingungen anpassen muss oder anpasst. Die Anpassungsfähigkeit ist das Wichtigste. Je mehr Nachkommen, umso besser, sagt er. Aber auch die Brutfürsorge, das Verhalten oder die Intelligenz sind wichtige Überlebensfaktoren, welche die Zukunft dieser spezifischen Spezies, dieser Leben bestimmen. Er ist da ganz der Pragmatiker. Und dennoch muss er heute gestehen, dass es mehr gibt als all die Dinge, die wir sehen oder messen können. Mehr, als all unsere Sinne und Apparate erkennen können. Wie viele Entdeckungen und Erfindungen wurden schon gemacht, die davon Zeugnis geben, dass wir nicht alles wissen, nicht alles wissen können. Wellen und Strahlen, die unsere Augen und Ohren nicht erfassen können. Kräfte, die unser Körper nicht spüren kann und denen doch die

Vögel über tausende von Kilometern folgen. Im Reich der Sinne sind auch wir nur dem gefolgt, der erfolgreich für uns weiter ging. Wie groß ist dieses Reich, wie mannigfaltig seine Elemente? Gibt es mehr als nur Gedanken, bewusst und unbewusst? Gibt es mehr als was wir messen können, können Gedanken übertragen werden, können Lebewesen einander spüren? Ist die Liebe messbar? Ist der Tod das Ende aller Dinge?

Haben wir den Geist erfunden oder können wir ihn nunmehr erkennen? So wie das Auge dem Licht folgte, das Ohr dem Schall, hat die Evolution neuronaler Netze uns den Geist erkennen lassen, den Gottvater, der Alles schuf? Oder ist das göttliche Prinzip, sind die Götter die Krönung menschlicher Inspiration?

Aber ich schweife wieder ab. Ich bin eine Meisterin darin. In der Schule hat Shania mich schon lachend aufgefordert, doch bei dem Thema zu bleiben. Freilich, bevor ich über die Schule und mein Studium berichte, will ich noch unsere Reise zu Ende erzählen.

Achter Satz     *andantino*

Das Netz der Straßen hatte uns wieder gefangen und der Einfluss der Menschen prägte unseren weiteren Weg. Intensive Landwirtschaft und Bergwerke zeugten davon. Mehr und mehr nahmen aber die Siedlungen ab, höher und höher wurden die Berge und die unberührte Natur nahm wieder ihr Vorrecht ein. Wir kamen in die Täler und die Berge der Appalachen, die Appalachian Mountains. Ein uraltes Faltengebirge, das einst auf dem Urkontinent Pangäa gelegen, durch die Kraft der Kontinentaldrift auseinandergerissen wurde. Wir waren im Land der Lumberjacks, der Holzfäller, der bewaldeten Hügel, engen Täler und Seen, wir waren zurück in den Vereinigten Staaten von Amerika, in Maine, New Hampshire und Vermont. Die New England States mit beschaulichen Dörfern mit englischen Namen. Aber auch der Name Berlin lockte meine Mutter an, eine Kleinstadt nur, jedoch der üble Geruch der Papiermühle treibt uns weiter. Bethlehem durchquerten wir und sehen Menschen in schwarzen Mänteln, mit schwarzen Hüten und bärtigen Gesichtern. In einer Herberge in der Nähe der White Mountain, der „Weißen Berge" nahmen wir Quartier, ein Holzhaus ganz nach dem Geschmack unseres Vaters, hoch gelegen, mit Aussicht über die bewaldeten Hügel. Der große, russische Ofen faszinierte meinen Vater. Wie ein gestauchter Anagama Ofen sah er aus, meint er. Durch drei hintereinander gelegenen Kammern musste der Rauch ziehen, wie uns der Erbauer erklärte, der Herbergsvater und ja, er könnte sich auch vorstellen, dass man am Ende der Feuerkammer Töpfe brennen kann. Wir waren die einzigen Gäste und genießen das Abendessen zusammen an einem richtigen Tisch, mit richtigen Stühlen in einem gemütlichen Raum. So fremd war uns die Lebensart geworden, nach Tagen und Wochen auf den Zeltplätzen, an den Seen und in den Wäldern.

Auch der Herbergsvater freute sich über die Gäste, sprach von Einsamkeit, von Wanderungen, von der Lagerfeuerromantik und bald saßen wir an einem Feuer und hielten unsere Stöckchen in die Flammen. Er sah mich und Adam nachdenklich, eindringlich an, lobte unsere Schürkunst und sprach über das Glück der Kinder noch unbefangen zu sein, noch frei von allen Zwängen. Er wünschte sich, den gleichen freien Geist zu empfinden, den wir Kinder in uns tragen. The Free Spirit. Er sprach dann im Allgemeinen von Geistern, dass wir Menschen sie erfunden hätten und dass man dadurch so vieles Unbekanntes hätte erklären können, dass die Geister die Geschicke lenken, die Stürme und die Unwetter oder auch die Krankheiten, weil die Menschen damals noch nicht die Naturgesetze kannten, das Wissen sich erst langsam seine Bahn brechen musste. Dann erzählte er eine Geschichte über die Geister von dem verstorbenen Volk, das hier einst gelebt hatte und über die alten Grabstätten dieses Stammes, die nicht weit von hier liegen würden. Ein Friedhof, auf dem sich die Überreste vieler Häuptlinge befanden, die jede Nacht zurückkehrten, um die Weißen zu ermahnen, nicht ihre „Höhle mit den vielen Räumen" über ihrem heiligen Boden zu bauen. Wir müssten nur dem kleinen Bach folgen, der sich hier ein Bett durch die Felsen gegraben hatte. Durch die Talenge mit den hohen Klippen gehen, dem verwachsenen Unterholz, in das kaum das Tageslicht fällt, wo Schlangen und Echsen an hellen Tagen in den Sonnenstrahlen auf den entlegenen Erzhalden vor sich hin träumten. Halden, die noch aus der Zeit der Kupferminen stammen. Am Ende dieses Tales fänden wir die Reste der Hügelgräber und die verfallenen Häuser vom Dorf der Minenarbeiter und ihren Familien, von denselben viele unter mysteriösen Umständen gestorben waren oder angsterfüllt die Flucht ergriffen.

Schon öfter habe er die Hügel mit den Tausenden von toten, roten Männern darunter aufgesucht, die den Pocken erlegen waren. Der Fluch des weißen Mannes. Alles Menschengemachte wäre zerstört. Nur eine kleine Kirche würde noch stehen, als Zeichen der Versöhnung, dass der rote Mann die heilige Stätte des Eindringlings respektieren würde. Und das sollte der weiße Mann auch mit ihren Heiligtümern tun.

# Interludium

Diese Episode ist mir wegen seiner Stimme noch in guter Erinnerung. Es war eine magische, einnehmende Stimme, die uns in seinen Bann zog. Auch die Eltern hörten gespannt zu und ich sah, dass Adam nur auf das Gesicht des Herbergsvaters oder seine Lippen schaute. In der angehenden Dunkelheit und mit den zuckenden Flammen, dem Knistern der Äste, den Funken und den wenigen Rauchschwaden, war die Inszenierung vollkommen.

Etliche Jahre später, als ich schon Teenager war, hatte ich ein gleichartiges, fesselndes Erlebnis auf einer politischen Kundgebung, zu der mich meine Eltern mitnahmen. Ein Peruaner, Pio, der Fromme, der Barmherzige, der von Gott berufen wurde ein Obdachlosenhaus in der Stadt zu eröffnen und zu leiten, hielt eine Rede und die Menge lauschte der Stimme, als wäre es der Messias, der Heiland, der zu ihnen sprach. Wie kann das sein, dass eine Stimme so fasziniert? Ist es die Stimme oder ist es die Aura des ganzen Menschen, die uns begeistert? Das Charisma, seine Strahlkraft? Ist es der Geist, der ihn umgibt? Der Geist, der ihn ausfüllt, der durch ihn spricht? Der Geist, das göttliche, das allmächtige Prinzip, die geistige Dimension, die alles Leben, die ganze Schöpfung ausfüllt, das Universum, der Ursprung allen Seins?

Ich erinnere mich, dass meine Eltern und der Herbergsvater sich noch länger über Geister unterhielten. Ist es nicht ungewöhnlich, dass fast allen Kulturen die Erscheinung von diesen imaginären Wesen geläufig war? Nein, dass allen Kulturen diese imaginären Seelen oder Hüllen geläufig sind. Der Heilige Geist in unserer Religion, der auf uns herniederkam, der über unser Fleisch vergossen wurde. Der Heilige Geist, der auch schon in vorchristlichen Religionen verehrt und angebetet wurde. Der Herbergsvater erzählte uns auch über die Geister der frühen Völker, die hier lebten. Geister, die in den Mythen der Völker weiterleben. Der große Geist, der die Erde den Menschen nur geliehen hat, der die anderen zahlreichen Götter lenkt und überwacht. Viele Naturvölker und auch die amerikanischen Ureinwohner suchten den Kontakt zu den Geistern durch magische, spirituelle Erfahrungen, durch Zeremonien, die sie in eine Art Trance versetzten, einen Rauschzustand, ein Zustand des Glücks und der Zufriedenheit. Mit dem aufkommenden Bewusstsein und der Selbsterkenntnis muss der frühe Mensch auch die Fähigkeit erlangt haben nachzudenken, Fragen zu stellen, sich zu wundern. Er musste erstaunt gewesen sein, vielleicht irritiert den Himmel absuchen, die aufgehende Sonne, die ziehenden Sterne, den Mond beobachten, der seine Form verändert. Ja, er musste Fantasie entwickeln, eine Vorstellungskraft, auch wenn die Vorstellungen noch nicht der Wahrheit entsprechen, wenn sie nur zu deuten vermögen. Der frühe Mensch lebte nicht mehr nur nach seinen Instinkten, er erkannte Zusammenhänge und stellte Fragen. Wieso? Why? Warum? Weshalb? Which? Welcher? Where? Wohin? Wo gehe ich hin, wenn ich nicht mehr da bin? Er musste nach einer Antwort gesucht haben, eine Erklärung und hat sie im Reich der Geister gefunden. Der große Geist, ein allumfassendes Wesen, ein kollektives Unterbewusstsein, eine spirituelle Welt in der auch die Toten weiterleben. Die frühen Menschen haben sich dieser Gedanken angenommen. Vielleicht war es auch der Kontakt zu bestimmten Kräutern oder Pflanzen, der sie in einen anderen Zustand versetzte, sie berauschte und diese Weisheit offenbarte.

# Etüde

Ich habe mit meiner Mutter darüber noch öfters diskutiert, weil sie damals so spontan und herzlich lachen musste, weil sie sich in diesem beredenden Moment vorstellen musste, dass alle Religionen vielleicht die Folge experimenteller Rauschzustände wären. Dass die sogenannten Priester, Medizinmänner oder Schamanen im Rausch ihre ersten göttlichen oder sollte ich sagen, übernatürlichen, allmächtigen, überirdischen oder geistigen Erfahrungen gemacht haben, die dann verehrt, bewundert und geachtet wurden und die ihr Geheimnis nur ihren Novizen weiter gaben. Bewusstseinsverändernde Substanzen, als Hilfsmittel, um mit der spirituellen Welt Kontakt aufzunehmen, um vielleicht Kontakt mit den Toten im Jenseits aufzunehmen, vielleicht die Ganzheit wahrzunehmen, das Alles, das Allumfassende, das Übernatürliche in sich. Eine sakrale Handlung, die nur den Priestern vorbehalten war.

Meine eigenen Erfahrungen mit bewusstseinsverändernden Substanzen sind eher unwesentlich. Ich hatte nie in meiner Jugend oder im Studium nach Drogen gesucht oder sie gewollt. Ihre Existenz war mir bewusst, aber ich hatte kein Verlangen. Vielleicht etwas Neugierde, so wie ich auf alles neugierig war und bin. Die erste Zigarette mit Rauschgift, die die Runde machte, der musikalische Rausch, die klaren Gedanken, das erweiterte Bewusstsein. Die kurzen Glücksmomente, das kurze künstliche Paradies.

In früherer Zeit, nicht hier, Gott bewahre. Hier brauchen wir keine solchen Substanzen, schließlich und letztendlich leben wir in der Welt des Geistes. Hier ist der große, heilige Geist allgegenwärtig. Das Medium, das Fluidum, das menschliche Nirwana, gelöst von allem Irdischen, aller Begierde, hier leben die Glückseligen, die in absoluter Ruhe und Meditation die materiellen Welten überwunden haben. Hier brauchen wir nur unsere Fantasie. Imagination.

Mein Vater sah den menschlichen Geist vielmehr als Schaffenskraft, eine Energie, die die Sinne schärft, das Denken fördert und die schöpferisch wirkt. Nur wenn er sich völlig hingab, konzentriert war, spürte er wie seine Werke die Form annahmen, die seine Vorstellungskraft im Geiste schon erschaffen hatten. Die Kunst im Allgemeinen wäre die Darstellung geistiger Welten, der materialisierte Geist. Bilder, Kunstwerke, die die Fantasie erregten, die erleuchten und deuten, die das Genie aufzeigten, den Geist frei legten, die be-Geistern. Liegt nicht in jeder Poesie die schöpferische Kraft, die den Gedanken weitergibt, zur Reflektion anregt, neue Sphären weckt, besinnlich macht? Liegt nicht in jedem Buch die Seele eines Menschen begraben, die auf ihre Auferstehung wartet? Und Musik wäre die erhabenste der geistigen Verwirklichungen, es ist die Sprache des geistigen Universums, sagte er, die Sprache, die alle Menschen berührt, die ihre Seelen in Schwingungen bringt, sie berauscht oder erzittern lässt. Musik, die so unterschiedlich ist, wie die Menschen, die sie kreiert haben, so unterschiedlich wie ihre Schöpferkräfte, den Fantasien, aus denen sie entsprungen ist. Welches Volk kennt keinen Gesang oder keine Instrumente? Vielleicht ist es die Sprache allen Lebens, denn wer könnte sich dem Gesang der Wale entziehen, der die Tiefen des Ozeans auslotet, wer könnte der Stimme der Nachtigall widerstehen, ihr Übles nachsagen, welche über die Saiten der Wonnen streicht. Und können nicht das Röhren der Hirsche, das Rufen der Frösche und das Zirpen der Insekten uns reizen, unsere natürlichen Vorstellungen wecken? Können nicht alle Klänge der Natur erregend sein? Das Grollen des Donners, das Rauschen der Wellen, das Flüstern des Windes, der durch das Blätterwerk der Bäume fegt?

Ich sagte ja schon, dass alles ist mit allem verbunden, das ein Geist in jedem Dinge wohnt, der dich mit mir verbindet und uns eins mit all und allem macht. Der das ganze Universum zusammenhält und wir nichts weniger sind als sein Ebenbild.

Vielleicht ist es das, was die Menschen suchen, wenn sie mit ihren Teleskopen die Ursprünge der Kosmen ausspähen, in die Nebel der Zukunft blicken, die noch am Entstehen sind. Die Farben und Signale der fernen Galaxien analysieren, Milliarden von Jahren in die Vergangenheit reisen. Wenn sie Elektronen beschleunigen, in das Herz der Atome blicken, um die eine Welle zu finden, die alles erklären kann, die das Suchen beendet und das Vollkommene entschlüsselt. Die letzte Erkenntnis des wahren Wesens der Wirklichkeit.

Vielleicht werden sie mich finden und sagen, das kann nicht sein. Sie werden durch mich hindurchschauen und weiter im Nebel der Urzeiten wandeln, weiter das Licht hinter dem Licht suchen und noch tiefer dringen, bis sie wieder vor mir stehen, wie vor ihrem eigenen Spiegel. Dann werden sie sich endlich erkennen.

## Neunter Satz    *concitato*

Wir wanderten dankbar über die „Weißen Berge". Wir schwammen in dem glasklaren, belebenden Wasser, das von ihren Hügeln floss. Sprangen vom harten Fels in die Tiefe und tauchten durch das erweckende Nass, das im Winter als Schnee und Eis die Landschaft überdeckt und durch die steigende Sonne in Bewegung kommt, das dem Kreislauf des ewigen Wassers folgt, so wie wir ihm folgten, entlang der Flüsse und Seen, an seinen Ufern und Stränden campierten, an ihm schliefen und unsere Freuden hatte.

Adam war glücklich an diesen Stränden, war glücklich zwischen Sand und Wellen zu laufen, Burgen und Kanäle zu bauen, Brücken und Tunnel über und unter das Wasser zu schaffen, die Mauern und Straßen mit Stöckchen und Steinchen und Blättern zu verzieren und mit seinen Spielfiguren den Burghof zu beleben. Wir stauten kleine Bäche und warfen bunte Kiesel in den Fluss. Wir staunten dem tobenden, tosenden Wassermassen nach, die sich in die Tiefe stürzten. Unmengen von Wasser, das in jeder Sekunde unseres Lebens über die Abgründe fällt. Die Niagara Fälle, eines der Naturwunder, die es auf unserer Erde gibt. Wir nennen es Wunder, weil es so unglaublich wirkt, weil uns der Anblick überwältigt. Aber ist nicht das ganze Leben ein Wunder? Wenn Wind und Wasser und die Zeit die Felsen formten, die der Teufel selbst mit einem Hammer ausgehauen oder ein Riese auf den Strand geworfen hätte. Wenn Wüsten spiegelglatt aus Salz den Glanz des Himmels reflektieren oder sich wie Wellen aus Sand dem Horizont anspülen. Urwälder, Berge, Schluchten, Meere, Seen, ein zauberhafter Planet, der seines gleichen sucht und jede Pflanze, jedes Tier einmalig ist, einzigartig ist. Das Leben, das aus einer einzigen kleinen, winzigen Zelle zu Baumgiganten wächst, das tausende Meter Unterwasser auf Beute lauert, welches Flügel, Flossen, Beine hat und denken kann.

So fahren wir weiter, von einem Wunder zum Nächsten. Von den Bergen, den Steinbrüchen zu den Tälern mit ihren Bächen, Flüssen und Seen. Neue Sandburgen entstehen, neue Spuren am See, die schwindenden Abdrücke unserer nackten Füße am Strand, im goldenem Licht der untergehenden Sonnen. Glückliche Kindergesichter in sommerlicher Bräune. Wir bräuchten gar nicht so weit zu reisen, sagten die Eltern. Das A und O war das Wasser und der Sand, das Ufer und der Strand.

Musik ist die Sprache des Universums.

Sie ist die Sprache Gottes im Konzert des Lebens.

# III.  Akt

## Erster Satz  *a tempo*

 So kamen wir wieder nach Hause. Nach der ersten großen Reise, die nicht unsere einzige bleiben sollte, die uns aber als Familie so nahebrachte, als wären wir alle zugleich aus dem Bauch der Mutter Natur gekommen. Wir lebten in ihr, tranken und aßen von ihr, sahen die Lichter an ihrem Firmament, den Schweif der Sterne. Wir schwammen im heiligen Wasser, nächtigten unter den ausgestreckten Armen der hölzernen Gesellen. Wir atmeten ihre Luft, gereinigt von unschätzbaren Blättern, die sie für uns geschaffen hat, spürten die Wärme ihrer Sonne, die das irdische Räderwerk am Laufen hält. Sie lehrte uns ihre großen Geheimise, ihre Gesetze, ließ uns teilhaben an ihren Freuden und ihren Schmerzen. Und sie zeigte uns, dass es mehr gibt als Himmel und Erde und brachte uns dem Wesen der Dinge ganz, ganz nahe.

Es war ein merkwürdiges Gefühl wieder in unserem Blockhaus zu sein. Die Bäume erschienen mir größer, grüner, gesättigt mit mehr Blättern als zuvor. Die Wiese war mir fast fremd mit all ihren Blüten und dem hohen Gras. Das Haus stand wie allein gelassen, wie entseelt und wartete auf unser Kommen. So wie ein Zeitsprung in die Vergangenheit, wie eine Reise zurück zu unseren Wurzeln, kam es mir vor und jetzt wartete das Haus darauf, die Geschichte weiter fort zu schreiben.

Als hätten wir es so besprochen, setzten wir unsere Taschen und Bündel ab und kuschelten uns auf der alten Ledercouch ein. Mein Vater saß zufrieden mit seinen Armen leger über die Rückenlehne gelegt und ich schmiegte mich an seine Seite. Er ließ seine Augen durch das Zimmer gleiten, schaute auf den Küchenschrank, so als ob er ihn zum ersten Mal sehen würde. Sein Blick blieb bei den Kaffeetassen, die an einer Reihe von Hacken hingen, stehen, verweilte einige Sekunden, bevor er die Augen schloss, den Kopf nach hinten legte und sich entspannte. Vielleicht war er auch von der langen Fahrt erschöpft, ermüdet oder er war in Gedanken. Meine Mutter hatte ihre Beine auf seinem Schoss ausgestreckt und hielt Adam fest an ihrer Seite. Wie eine Löwenfamilie, dachte ich, die Löwin liebkost ihr Junges, während der Löwe andächtig ruht. Eingebettet in unser Zuhause, in unser Territorium, schauten wir zurück auf diesen Teil der Welt, der unsere Heimat war, selbstzufrieden oder zufrieden, so wie die Löwen nach ihrem Mahl. Indessen unser Mahl die Reise war, waren die Erlebnisse, die Begegnungen, Erfahrungen und Erkenntnisse, unser Mahl waren die kleinen Abenteuer, die traumhaft schönen Landschaften, waren die Horizonte, die sich täglich vor uns eröffneten. Wie viel mehr gab es zu bestaunen, wie viele Horizonte zu entdecken, noch zu erleben, wenn dies nur der bescheidene Anfang war.

## Interludium

Wahrscheinlich geht jede Reise einmal zu Ende, jedenfalls in der wirklichen Wirklichkeit. Hier hat die Reise kein absehbares Ende, aber auch ich weiß nicht was noch kommen mag. Ich habe ein Zeitfenster durchschritten, bin auf einer weißen Wolke im siebten Himmel, wie man sagt, bin ein Kind geworden und, wie alle Kinder, lebe ich gegenwärtig, ist das was kommt dann da. Und auch ich weiß nicht, ob über diesem Geist, über diesem Bewusstsein noch eine andere oder viele unbekannte Dimensionen warten und wie viel unsere Sinne diesbezüglich wieder geben können. Vielleicht gelingt es uns eines Tages noch weiter zu denken, vielleicht können wir neue Kräfte entwickeln, von denen wir noch keine Vorstellung haben. Vielleicht ist die Fantasie grenzenlos, vielleicht hat auch Fantasie ihre Grenzen. Die Zeit ist unendlich, der Raum ist unendlich und auch die Möglichkeiten sind unendlich. Vielleicht ist alles schon einmal passiert, vielleicht wird alles noch einmal geschehen. Vielleicht werde ich in hunderten, in tausendmal hunderten von Milliarden Jahren noch einmal, noch hundertmal existieren.

Continue

## Erster Satz   *a tempo*

Der erste Schultag war für mich das wichtigste Ereignis nach unserer Reise, ist der Tag, der mir am allerliebsten in Erinnerung ist und den ich schon über Monate herbeigesehnt hatte. Für mich war das Wort Schule eine Verlockung, ein Abenteuer, das auf mich wartete. Ein Abenteuer, das ich kaum abwarten konnte. „Wenn du dann zur Schule gehst" oder „bald gehst du zur Schule," waren Sätze meiner Eltern, die Grandpa oder Grandma äußerten, die meine Aufmerksamkeit erregten, die den Puls erhöhten und mich Neugierig machten. Shania beflügelte meine Fantasie zur Schule, in dem sie schon in unseren Bibelstunden von Experimenten, von Projekten sprach, von Forschung und Exkursionen, die wir machen würden. Auch meine Mutter führte uns spielerisch in die Welt des Lernens ein. Eine Tafel musste der Vater an der Küchenwand anbringen, auf der wir mit Kreide malten oder auch den ein oder anderen Buchstaben nachzeichnen konnten. Adam und ich spielten davor Schule und ich war die Lehrerin. Ein Klavier wurde gekauft und stand an der Wand, wartend auf unsere ungeduldigen Hände. Überhaupt versuchten unsere Eltern unsere Fantasie anzuregen, uns neugierig zu machen auf die Natur oder die Bücher in der Bücherei, wo wir immer dabei waren, wenn unsere Mutter auf Recherche ging, wie sie es sagte und wir in den Bilderbüchern stöberten und schon früh unseren eigenen Ausweis hatten, um die Bücher mit nach Hause nehmen zu können. Bücher vom Bauernhof, von den Tieren, dem Wald und dem Meer, Bücher von der Veränderung der Welt, von einer Raupe, dem Löwen und der Maus, von der Stadt und der Schule und dem Krankenhaus. Aber auch bilderreiche Märchenbücher und Geschichten, die mir der Vater oder die Mutter vorlasen und auch Adam lauschte von seinem hölzernen Babybett, das nun in meinem Zimmer stand, den erbaulichen Geschichten zu. Ich sah dann seine Augen durch die Gitterstäbe, wie sie mich anschauten, wie sie langsam müder wurden, abdrifteten und er schließlich eingeschlafen war. Anregungen brauchen die Kinder und wir hatten dankbarer Weise auch die Möglichkeit ungestört und frei nach unseren Fähigkeiten die große Welt, die Natur und ihre Lebensbereiche um unser Haus herum zu erforschen. Der Wald war unsere Schule und die Wiese und der Bach. Mit Pax unsrem Hund folgten wir imaginären Spuren, zogen durch die Weidelandschaft, in welcher das Gras uns wie ein Dschungel erschien und Pax des Öfteren nach oben springen musste, um uns wieder zu entdecken. Manchmal duckten wir uns absichtlich und versuchten uns zu verstecken, aber er fand uns schließlich immer wieder und leckte Adams Gesicht und freute sich wie ein Schneekönig bei uns zu sein. Wenn ich daran denke und sehe sein fellbedecktes, bräunlich, beige geschecktes, farbenfrohes Gesicht, ist mir, als könnte ich noch heute seine Gedanken lesen, die Freude spüren, die ihn überkam, wenn er mit uns spielen konnte. Im Wald fand er immer einen Stock, mit dem er zu uns kam und mich oder Adam aufforderte an dem Holz zu ziehen. Das war eines seiner

Lieblingsspiele und auch ich liebte es, wenn er dann zu knurren begann und zerrte und ich nicht voreilig loslassen würde, sondern ihm kräftig Paroli bieten konnte. Auch der Bach war einer seiner Lieblingsplätze, ja in jede Pfütze legte und suhlte er sich und nicht nur wir mussten uns dann wehren, wenn er mit den nassen, schlammigen Pfoten und dem pudelnassen Fell uns wieder liebkosen wollte. Wir stauten eine Stelle im Bach, die ihm wie ein Bad vorkommen musste und manchmal war er dann so ungestüm, dass auch ich mal ärgerlich wurde. In Turnschuhen liefen wir dem Bachlauf nach und schauten unter Steine und ängstigten oder verscheuchten so manches Tierchen durch unsere übereilte Neugierde, aber viele konnten wir auch in Ruhe beobachten, wie sie sich mit Steinchen eine Höhle bauten oder sich fest an die Wurzeln saugten. Mit dem Vater, der Adam auf den Schultern trug, gingen wir entlang des mäandrierenden Wassers und er erzeigt uns die Stellen, wo der Sand abgelagert wurde, wo eine Vogel eine Höhle gebaut hatte oder er grub mit uns nach Lehm und erklärte uns die unterschiedlichen Böden. Die sandigen, der Abrieb der Gesteine, der Sand, der durch deine Hände rieselt, die schwarze Erde, die von zersetzten Laub und anderen organischen Substanzen durchdrungen, und eine eigene Welt für sich ist, die alle Pflanzen und alle weiteren Lebewesen auf sich trägt, die die Grundlage jeglichen Lebens über unseren Meeren ist. Die Handvoll Erde, die selbst voller Leben ist und wir dankbar sein müssen und ehrfürchtig und es nichts Wichtigeres gibt, als diesen Lebensraum zu erhalten. Er zeigte uns den ockerfarbenen Lehm, der klebrig ist, annähernd wie der Ton aus der Töpferwerkstatt, der auch das Wasser tragen kann und speichert und deshalb wichtig für das Leben ist. So wichtig, dass Gott aus ihm den Menschen schuf.

# Etüde

Ich kann es wenden oder drehen wie ich will, ich komme wieder auf die Erde zurück, beginne wiederüber das heilige Wasser zu sprechen, aus dem das Leben geboren wird, die Erde, die das Leben trägt, der Lehm, dem das Leben eingehaucht wird, das Fleisch, das vom Heiligen Geist übergossen wird. Als wäre eine unsichtbare Macht am Werke, die meine Gedanken unbewusst lenkt, als hätte die Erkenntnis und die Weisheit über das universelle Sein, als hätte ein Gott oder ein allmächtiges, ein überirdisches, heiliges Gebot mein Unterbewusstsein okkupiert, sich darin manifestiert und lenkt meine Gedanken und meine Worte auf diese fundamentale Tatsache, dass das Leben, so wie wir es kennen, ohne das Wasser unmöglich wäre und dass alles Leben ohne die Materie, ohne die Stoffe, die Atome und die Moleküle, keine Substanz, keine Stofflichkeit hätte und dass der Geist durch diese Stofflichkeit zu uns spricht, mit uns durch diesen Körper kommunizieren kann. Was wäre die Welt, was wäre der Kosmos ohne die Materie? Ein totes Nichts, ein Vakuum, nur Leere, in der ein Geist kein Halten hat, kein Verstand verstehen könnte, kein Gedanke gedacht, keine Weisheit, keine Erkenntnis erkannt werden könnte. Nur durch das Leben kann der Geist lebendig werden, kann das Wort gesprochen werden. So wie unsere Hände die Dinge erfassen, so wie das Auge das Licht erblicken kann, so wie das Ohr die Musik hören kann, so kann unser Gehirn den Geist erkennen und verstehen, er kann sich am Ende selbst erkennen durch die Kraft der Imagination. Die Imagination, der springende Punkt der Menschwerdung, das vernetzte Denken, das Denken im Netz.

Continue

## Erster Satz  *a tempo*


Aber ich wollte ja von der Schule erzählen, vom ersten Schultag mit meiner großen Schultüte, so wie es meine Mutter aus Deutschland kannte und so wie sie es auch für mich nun an der Elementary School, der Grundschule in unserem Städtchen in Amerika wollte. Am Abend vorher war ich schon ziemlich aufgeregt und nervös. Im Closet, dem Wandschrank, suchten wir mein bestes Kleid heraus oder das, was ich am liebsten für den ersten Schultag anziehen wollte. Adam war fast vier Jahre alt, als ich in die erste Klasse kam und lief genauso aufgeregt durch das Zimmer wie ich selbst, so als würde er verstehen, dass jetzt eine bedeutende, eine gewaltige Veränderung stattfinden wird und tatsächlich würde ich nun jeden Tag zur Schule gehen, würde morgens das Haus verlassen und zum Bus Stop gehen, zur Bushaltestelle, an der der Schulbus alle Kinder aus der Umgebung aufsammelt. Hier außerhalb der Stadt oder des Städtchens, gab es nicht so viele Häuser und unsere Nachbarn waren tatsächlich genauso in den Wäldern versteckt, wie unser Haus. Die Cottages waren fast ausschließlich von älteren Menschen bewohnt, die hier ihren Altersitz hatten oder zurückgezogen ihr Rentendasein in Ruhe und Abgeschiedenheit genossen. Bisweilen kam ein Nachbar vorbei, um mit dem Vater etwas zu besprechen. Manchmal ging es um die Jagd auf Rehe oder um die Töpferwaren, das Holz für den Ofen oder den Winter oder andere nützliche Hinweise oder Nachfragen. Nur viele Kinder gab es nicht, die hier einsteigen würden und auch keine, mit denen wir spielen konnten.

Nicht nur würde ich jetzt jeden Tag zur Schule gehen, sondern ich sollte jetzt auch mein eigenes Zimmer bekommen, eine Vorstellung, die mir noch mehr Selbstbewusstsein gab, noch mehr meine Fantasie und meine Glücksgefühle anfeuerte und meine Freude und Erwartungen auf die kommende Zeit beflügelte. Das Zimmer, mein neues Reich, war der Arbeitsraum meiner Mutter mit dem Fenster zum Hügel und in den Wald hinaus. Auch ein neuer Schreibtisch wurde extra für mich gekauft. Ich selbst durfte mit entscheiden und noch heute steht der Pult vor meinem Fenster, noch heute führt der Blick in den Wald, in das Geäst und auf den laubbedeckten Boden, auf dem wir uns im Herbst mit Blättern überhäuften oder darauf lagen und in den Himmel voller Bäume schauten. Die Mutter selbst wollte den geräumigen Vorraum in der Diele nutzen, um dort ihre Nähmaschine und den Schreibpult aufzustellen und mit dem Schaukelstuhl, den geschmackvollen Bildern und dem künstlerischen Wandbehang wurde daraus ihr kleines, stilvolles und zauberhaftes Paradies.

Der erste Schultag begann mit einem gemeinsamen Frühstück, mit Pancakes und mit Maple Syrup, dem Ahornsirup und mit Schokolade, die meine Mutter extra in einem Delikatessenladen eingekauft hatte, Schokolade aus Deutschland, die man auf die Pancakes streichen konnte. Nach den Schokoladenspuren in Adams Gesicht zu urteilen, hatte er noch mehr Vergnügen an dem Essen als wir alle zusammen. Mein Vater machte auch gleich ein Bild von mir und Adam mit den verschmierten Lippen und den Streifen auf den Wangen und von seinen strahlenden, blauen Augen, die eine Siegerstimmung offenbarten. Die Bilder sind mir auch noch heute in Erinnerung, Adam mit seinem hellblauen T-Shirt, mit den weißen Streifen, welches ebenfalls braune Spuren der Schokoladen Pancakes zeigte und ein Bild mit einer großen Tasse Milch, auf welchem er mit verschmitzten Augen über den Rand des Tongefäßes blickte. „Ich werde bald auch zur Schule gehen" sagte er dann mit Stolz über den ganzen Tisch und natürlich mussten wir alle sogleich herzlich lachen, weil er wirklich ein goldiges, erheiterndes Bild abgab und als Pax wie zur Bestätigung noch bellte in der ganzen Aufgeregtheit, war das Erinnerungsbild komplett.

Den Weg zur Schule kannte ich ja schon und natürlich Shania und viele der Kinder aus der Bibelstunde, aber die Schule selbst, in der jetzt so viele Schüler zusammen kamen, war eine neue Erfahrung für mich. Und dann der Raum, das geräumige Klassenzimmer mit seinen großen Fenstern, die zu dem grünen Park mit seinen schattigen Bäumen schauten, begeisterte mich. Vor allem die vielen bunten Bilder, die Poster und die Plakate, die Gegenstände auf der Fensterbank, Regale mit bunten Ordnern, mit Kisten und mit Büchern, die großen, aufgemalten Zahlen von eins bis hundert, die Bilder von Tieren, ein Bär fällt mir da ein, eine Tafel auf der Willkommen stand, Schuhe mit Schnürsenkeln, ein Stoffnilpferd und Ernie und Bert als Puppen saßen auf einem Tisch. Ein Korb, gefüllt mit Bällen, Kisten und Schachteln mit Spielen, Würfeln, Pinseln und Wachsmalstiften, die Buchstaben von A bis Z mit kleinen entsprechenden Bildern zierten die Deckenränder, ein Globus stand auf dem Schrank und eine Gitarre hing an einer Wand, ein Sammelsurium, das meine ganze Aufmerksamkeit gebrauchte und ich noch tagelang neue Dinge fand, wie die Magneten oder die Sammlung verschiedener Steine, mit denen wir spielen konnten. Im Zimmer standen auch vier große runde Tische, an die Shania uns verteilte, nachdem sie uns alle begrüßt hatte und unsere Namen vorgelesen hatte. Das war auch eine neue Erfahrung für mich, an einem Tisch mit vier weiteren Kindern zu sitzen und gemeinsam mit ihnen zu malen, zu zeichnen, zu schreiben oder mit der Schere ausgemalte Figuren auszuschneiden. Zuhause war ich mit meiner Mutter oder Adam meist allein oder saß bei Vater in der Werkstatt an dem niedrigen Tisch oder kniete mit meiner Knete vor der Tafel und eher selten hatten wir auch andere Kinder zu Besuch oder mit am Tisch, die mit uns spielten. Das war dann natürlich an Geburtstagen der Fall, wenn Freunde oder Familienangehörige mit ihren Kindern kamen oder auch zu Halloween, wenn wir mit anderen Kindern durch die Straßen zogen. Meistens trafen wir die anderen Klassenkameraden oder Freunde freilich in der Bücherei oder in der Kirche. Der erste Tag in der Schule ist ein unvergesslicher Tag für mich und das gemeinsame Klassenbild mit all den Kindern und Shania an unserer Seite in dem mit vielen Utensilien bunt geschmückten Raum ist Zeugnis für ein kleines Stückchens meiner Lebensgeschichte. Die Schule ist mehr als nur Erinnerungen. Sie steht für das Lernen, die intensive Arbeit mit dem Geist. Studieren, die nachhaltige Auseinandersetzung mit der Welt. Die leiblichen Verknüpfungen geistiger und materieller Sphären, die den Menschen formt und ihn zum Menschen macht. Eine alltägliche, vertraut gewordene Welt und so bedeutend für mein ganzes Leben.

## Etüde

Ich habe noch später oft mit Shania darüber gesprochen und wir unterhalten uns auch heute noch gerne darüber, wie wichtig es ist die Fantasie der Kinder anzuregen, sie zu fördern und sie herauszufordern. Die Fantasie, die Vorstellungskraft ist das, was den Menschen auszeichnet. Die Imagination und auch die Abstraktion, das Projizieren der Gedanken oder der Bilder aus der Vergangenheit zur Lösung der Probleme in der Gegenwart, aber vor allem auch in die Zukunft und in unterschiedliche Kontexte, waren und sind die wichtigsten, geistigen Werkzeuge oder Fähigkeiten, die zum Menschwerden gehörten und die zum Menschsein beitragen. Der evolutionäre Schritt, die Nervenzellen des Zentralgehirns zu vervielfachen, und sie in ein Netzwerk einzubinden, das es ermöglicht vergleichende Vorstellungen zu erarbeiten, ein Netzwerk, das Daten oder Informationen oder Bilder und Sinneseindrücke zu verarbeiten, sie zu bewerten und sogar Schlussfolgerungen zu entwickeln versteht, ein Netzwerk, das auch die Fähigkeit erlangt hat, Informationen zu speichern und das lernfähig und gelehrig wurde. Die Neugierde, die Lernbegierde des Menschen hat ihn an die Spitze der terrestrischen Evolution gestellt, hat ihn komplizierte Aufgabenstellungen und Probleme lösen lernen. Durch die Fantasie der Menschen sind die Weltwunder entstanden, sind Kontinente besiedelt und Städte erbaut worden und leider auch die Waffen, um sie zu zerstören. Durch das anschauliche Denken wurden Werkzeuge entwickelt, Maschinen gebaut und künstliche Intelligenzen erschaffen, die das Potential haben, die Evolution, die Fortentwicklung in das ganze Universum zu verlagern, die es in die Tat umsetzen neue Planeten zu erforschen und zu erschließen und welche möglicherweise sogar in unsere Welten vordringen könnten. Künstliche Intelligenzen, die sich selbst reproduzieren und genau wie wir durch komplexe Netzwerke immer besser die Welt verstehen können, die schneller Lernen und schneller Konsequenzen ziehen werden, das Denkvermögen vertausendfachen. Aber dass sie den Geist verstehen werden möchte ich bezweifeln. Der Geist ist mir doch immateriell, ist kein Atom noch Elektron, kein Plus und Minus. Der Geist ist doch die Selbsterkenntnis, das Bewusstsein, gepaart mit der Imagination, die in die Zukunft blicken kann, ist der Geistesblitz, der nicht aus dem Meer der Daten kommt, sondern aus dem Vermögen zu begreifen, zu erkennen, dass es etwas gibt, das nicht begreifbar ist. Er ist ein Teil der kosmischen Realität, so wie ich es bin, so wie wir es alle sind und alles ist. Deshalb müssen wir diese Horizonte für unsere Kinder eröffnen, müssen ihre Fantasie beflügeln, ihre Neugierde stillen, müssen ihre grauen Zellen, ihr Netzwerk füttern, mit neuen Ideen, mit Formen, Farben, Klängen, aber auch mit Stille und der Kontemplation. Die Fähigkeit über sich selbst zu stehen, über sich selbst herab zu blicken und über das Ganze, das uns umgibt. Eine Welt des Geistes schaffen, der Gutes gestaltet und nicht zerstört, eine Welt des Friedens und nicht der Kriege. Eine Welt, die alle mit allem verbindet, in der wir Menschen erkennen, dass wir ein Teil des Ganzen sind, das wir Verantwortung dafür haben, was nach uns kommt, in zehn, in hundert, in tausend, in Millionen Jahren und auch bis in die Unendlichkeit. Nach der Unendlichkeit seid ihr dann bei mir, in meinem göttlichen Garten, hat sich der wahre Sinn dann offenbart und die Suche hat ein Ende, steht ihr in dem Licht, dessen Schatten unsere Sonne ist, das über alle Sterne leuchtet, seid ihr die Augen dieser Welt, die strahlen und keine Tränen mehr vergießen. Dann wird die Metamorphose abgeschlossen sein, der Formenwechsel komplett, dann werdet ihr viel mehr unvergesslich sein und in Garten Eden euere Ruhe finden, in meinen Erinnerungen weiter leben und das Reich der Imagination betreten. Dann bist du endlich wieder bei mir.

## Zweiter Satz *andantino*

Die Erkenntnis kam mir natürlich erst viel später. Das Lernen in der Schule hatte seine eigene Dynamik. Wissbegierig sog ich alles um mich auf, all das Unbekannte, wie das Wasser durch einen Schwamm. Nachdem Shania schon uns neugierig gemacht hatte, erforschten wir zunächst unsere nähere Umgebung, legten ein Terrarium an, in welchem die Bewohner in zeitlichen Intervallen wechselten. Die Schnecken waren unsere ersten Untersuchungsobjekte, die wir mit den Lupen beobachteten, wie sie ihren Fuß über die Glasscheibe rollen ließen. Wie sie ihre weichen Antennen oder Augen ausfuhren und zaghaft zurückschreckten, wenn wir mit den Fingern ihre Köpfchen berührten. Was für Leben die Natur erschaffen hat, die ganze Vielfalt der physischen Möglichkeiten, mit Beinen, Flügeln oder Flossen oder mit gleitenden Epithelien, so wie unsere Schnecken. Shania erklärte uns die

Welt mit ihren vielen Nischen und Elementen, an die sich das Leben hatte anpassen können. Natürlich nicht im Kindergarten, über die ganze Grundschulzeit und noch viel intensiver lernte ich dann auf der High School und im Studium alles über die Evolution auf unserer Erde, über die Anpassung des Lebens an die verschiedenen Lebensräume und auch die Mutationen, die Veränderungen im Erbgut, welche neue Eigenschaften in den Organismen bedingen, Eigenschaften, die neue Welten erobern konnten, die sich anpassen konnten. Ich lernte, dass das Leben hier entstehen konnte, weil die Sonne den richtigen Abstand zur Erde hat, die Sonne, die die Wärme spendet, damit das Leben gedeihen kann, die die Energie liefert, damit die Pflanzen wachsen können, damit das Wasser flüssig ist, die Sonne, die den Kreislauf des Wassers antreibt und auch den des Lebens erhält. Ich lernte, dass das Leben in einem Gleichgewicht existiert, in einem Räderwerk funktioniert, in dem jedes Teilchen seine Bedeutung, seine Aufgabe hatte, jede Störung ausgeglichen werden konnte, wenn der Impakt, der Eingriff nicht zu gewaltig war.

Nach den Schnecken umsorgten wir die Schmetterlinge in der Voliere, Shania hatte die winzigen Eier aus einem botanischen Garten mitgebracht. Sie waren auf der Unterseite eines Blattes fest verankert und wir beobachteten, wie sich in den Eiern die winzig kleinen Raupen entwickelten. Im Binokular sahen wir die Strukturen der Hülle und waren überrascht, welche fantasievollen Oberflächen zu sehen waren. Alles nur ein Spiel der Natur oder hatten sie eine andere Funktion, eine, von der man noch keine Ahnung hatte? Auf Bildern in Büchern aus der Bücherei sahen wir Aufnahmen von Schmetterlingseiern, die wie winzige gelbe, durchsichtige Cantaloupe Melonen aussahen oder tonnenförmig, dicht bepackt nebeneinander standen. Wir betrachteten welche mit wunderschönen Netzstrukturen oder andere, einzelne, diskusförmige oder golfballähnliche Gebilde, die an Blättern oder Ästen hafteten. Die Raupen fütterten wir mit Blättern, mit einer ganzen Menge von Blättern, die sie unersättlich aufknabberten und dafür entsprechend viele kleine schwarze Kotbällchen hinterließen. Fressen ist die wichtigste Aufgabe der Raupen, meinte Shania lachend und meine Mutter las Adam und mir das Kinderbuch „Die Raupe Nimmersatt" vor. Fressen, Fressen, Fressen, sagte auch mein Vater und zeigte uns einige Bäume auf dem Weg zum College, die völlig kahl gefressen waren. „Gypsy Moths", sagte er, auch ein Schmetterling, ein Nachtfalter, der aus einer Forschungsanstalt für Seidenspinner entkommen war und sich seitdem über das ganze Land ausgebreitet hatte. Die Raupen fressen zu Tausenden die Blätter der Bäume oder Büsche ab und verbreiten sich unaufhaltsam, trotz vieler Gegenmaßnahmen, über die ganze Region. Weil sie neu waren auf dem Kontinent, weil sie keine Fressfeinde hatten, konnten sie das biologische Gleichgewicht empfindlich stören. Das Gleichgewicht, das sich langsam wieder einstellen muss und das sich auch wieder einstellen wird, aber nicht ohne Spuren zu hinterlassen. Wir sahen einen Film vom Schlüpfen einer Raupe, die mit behaarten Kopf und Hinterleib sogleich ihre eigene Schale auffraß, weil die Stoffe in der Schale für das Wachstum wichtig sind und somit auch nichts verloren geht. Unglaublich, wie ressourcenschonend die Natur sich eingestellt hat und unglaublich und verblüffend, welche minimalistisch, kleine Abwehrmechanismen sich ausgebildet haben, versteckte Duftdrüsen, die sie bei Gefahr ausfahren können oder die kratzigen Haare, die Warn- oder die Tarnfarben, ein Spiel der Natur, die für alle Gefahren, für alle Eventualitäten eine Antwort sucht und findet, so wie das Leben sich allen Umständen anzupassen vermag, eine unendliche Vielfalt auf den Feldern des Herren, ein Reich der Variationen, ein Reichtum an Verschiedenartigkeit, an ungezählten Spielarten, wie ein wunderbares Konzert des Lebens, ein Paradies auf Erden.

Noch unvorstellbarer ist die Verwandlung, ist die Verpuppung der Raupe, eine Umwandlung, in der ein völlig neues Gebilde entsteht, sich die Raupe in dem gepanzerten Gehäuse aufzulösen scheint, um darin zu einem völlig neuen Wesen zu werden, mit bunten Flügeln, bedeckt von tausenden, mikroskopisch kleinen Schuppen, mit ihren Farben und Strukturen, ein Wesen mit langen Beinen, mit ausrollbaren Rüssel oder Saugapparaten und unheimlich bizarren Antennen, das aus der Insektenlarve schlüpft. Ein Wunder der Natur.

Wir malten riesige Schmetterlinge auf unseren Schulhof und pflanzten einen Busch, der für viele Schmetterlinge Nahrung bot, auf dessen Blüten sie den Nektar saugten. Wir fotografierten all die verschiedenen Entwicklungsstadien und gestalteten eine große Infotafel für alle Kinder der Schule im Foyer. Auf einer unserer Exkursionen gingen wir zu einem See und erforschten die Welt der Großlibellen, der Dragonflies, der Drachen-Fliegen und wirklich kamen sie uns einerseits wie fantastische Feen aus den Märchen vor oder wie prähistorische, fliegende Ungetüme, wie Drachen, die als Miniaturausgabe zwischen all den Uferpflanzen mit ihren großen Facettenaugen auf Beutefang ausflogen. Und wieder überraschte uns die Vielfalt der Arten, die Vielfalt der Formen und der Funktionen, die alle dem Zweck dienen, die ungezählten, verschiedenartigen Lebensräume zu erobern oder diesen einen Lebensraum, diese eine Nische auszufüllen, die wie für sie geschaffen war.

## Etüde

Wie unglaublich komplex das Leben ist. Wie unglaublich vielfältig. Wie es sich in vielerlei Richtungen entwickelt, die unendlichen Möglichkeiten testet, Altes verwirft, Neues gestaltet und immer vielschichtiger sich entwickelt, immer höherstehend, zu dem

Wesen, das schließlich die Unendlichkeit des Raumes und der Zeit begreifen kann.

Es ist das Konzert des Lebens, das ich kennenlernen sollte, das Konzert, in welchem verschiedene Biomoleküle die Noten sind, die in unvorstellbaren Kombinationen die Grundlage der Daseins-, der Orchesterstücke sind, die von einer Fülle, einem Reichtum an Instrumenten, an Lebensformen gespielt werden. Kompositionen, Klangwelten voll Harmonie, voll Dramaturgie, von Spannung und Einklang, mit Intensität, Klangfarben, Crescendi, Höhen und Intervallen, voll Rhythmen, Tempo und Gleichmaß. Ein eigenes Universum der Klänge, Variationen, einer Vielfalt, die selbst der Imagination des Komponisten unerreichbar bleibt, Klänge, die ihre eigenen Stücke schreiben, derer es keines Dirigenten mehr bedarf, weil sie sich selbst der Kreationen Blüten sind.

## Dritter Satz  *appassionato*

Es waren schon viele Jahre vergangen, es waren sogar schon Jahrzehnte, so kam es mir vor. Ich hatte mein Studium abgeschlossen, war Lehrerin an einer Grundschule, mein allergrößter Traum. So wie ich Shania liebte und verehrte, so wie ich Christa nacheiferte, so wollte ich in ihre Fußstapfen steigen und selbst eine Lehrerin sein. Mit meinen Eltern war ich auf Reisen in Europa und ein ganzes Jahr konnte ich, geradeso wie meine Mutter in den USA, nun selbst in Deutschland an einer Universität studieren und überdies Erfahrungen an einer Schule in der Nähe meiner Großeltern sammeln. Da ich bei meinen Eltern zweisprachig erzogen wurde, hatte ich die Wahl auch Französisch und

Spanisch zu lernen. Ich erwähne diesen Umstand, die Tatsache, dass ich schon einiges in der Welt gesehen hatte, schon viel erlebt und gelernt hatte, ich vieles über die Völker dieser Erde gelesen und ihre Mythen und Märchen studiert hatte, ich auch vieler dieser Sprachen kenne und von vielen auch ein Klangbild habe, deswegen und deshalb, weil ich ein sonderbares Erlebnis hatte, ein so überirdisches Erlebnis hatte, das sich all meiner weltlichen Erkenntnisse, meiner Erfahrungen entzog. Nach all den Jahren an der Schule, am College und der Universität, als rational denkender, erwachsener Mensch, kam mir diese Erscheinung, kamen mir diese Stimmen, kam dieses merkwürde Wunder, dieser Zauber wieder, den ich schon zweimal auf unserer Reise um die Großen Seen, den ich in meiner Kindheit zuvor erlebt hatte.

Mit einem Glas Wein und mit klassischer Musik, mit dem „Karneval der Tiere" aus dem Kopfhörer, saß ich auf meiner Terrasse, der Porch, etwas das ich sehr gerne am Abend zur Entspannung und zum Nachdenken tat. An diesem Abend achtete ich außerdem besonders aufmerksam auf den Nachthimmel, denn es war ein Sternschnuppenregen, ein Meteoritenschauer angekündigt, eine Sache, der ich mit Hingabe gerne folgte. Mit wachsamen, fokussierten Augen suchte ich den wolkenlosen Himmel ab, als sich gerade der silberweiße Schwan, geschmückt von duftenten Hibiskusblüten im Mondlicht über einen inneren, imaginären See gleiten ließ, ich an diesem Abend schon so vielen musikalischen Tierstimmen gefolgt war, und nun den musischen Streichern von Camille Saint-Saëns Karneval der Tiere lauschend, den Vibrationen und den sanften Tönen der Orchesterinstrumenten folgend, die Stimme wieder hörte.

„Die unsere Sprache spricht!" Zunächst verwirrt nahm ich den Kopfhörer ab, da ich Geräusche aus dem Wald oder von der nahen Wiese vermutete. Aber bis auf das Zirpen einer Grille im Dickicht, war es sehr ruhig, ja fast außergewöhnlich ruhig unter dem bläulichen Nachthimmel. Mir kamen die Erinnerungen wieder, lebendig wurden in mir die Stimmen am Fluss, die Wirbel im Wasser und die Flammenzungen des Lagerfeuers. Es kam dieses wundersame Gefühl zurück, das ich so oft in meiner Kindheit gespürt und erlebt hatte und das mir im Erwachsenenalter in gewissem Maße verloren ging. Das Gefühl von träumerischer Leichtigkeit, schwebender Besonderheit. Ich setzte den Kopfhörer wieder auf und stellte verwundert fest, dass die Musik gewechselt hatte. Ein einzelner Cellist spielte, erklangen Cellotöne, vibrierten, flimmerten, zogen in staccato Artikulationen, streichelnd streichend, surrten, oszillierten, bebten, vibrierten und pulsierten, zogen zart und schwebend in meine Ohren und erzählten ihre Geschichte. Der Klang der Atome, die Schwingungen der Saiten, der Elektronen, das elementare Rauschen, das alles erbeben lässt, das alles aufleben lässt, das im Ursprung von allem ist, im Anfang ohne Ende, das Rauschen, das aus der Quelle kommt, die das Rinnsal speist, das die Flüsse füllt und die Meere flutet. Das Rauschen, das am Ende immer wieder am Anfang ist, das Vibrieren der Seele, das Schwirren des Geistes, das Brausen des Sein.

In diesen Cellotönen und allen Melodien, allen Weisen, allen Liedern, die ihnen folgten, hörte ich die Musik, hörte sie die ganze Nacht, den ganzen Tag, die Sprache Gottes, die Sprache des Universums, die in uns allen steckt. Durch die Musik hat Gott zu mir gesprochen, hat der Geist sich offenbart, der in allem lebt, der alles durchwebt, vom kleinsten Detail im Mikrokosmos der Makromoleküle bis zu den kompliziertesten und verästeltsten Beziehungen aller Lebewesen zueinander und dem ganzen All. Das Rauschen des Universums, das Rauschen der Meere, mit allen Getieren und allen die ihm entstiegen sind.

# Interludium

Camille Saint-Saëns war einer meiner Lieblingskomponisten. Bereits meine liebe Mutter lauschte hingebungsvoll den Klängen von Samson et Dalila, und wenn Dalila ihr Herz öffnete, kamen auch mir die Tränen. Camille war etwas eigensinnig, na ja vielleicht etwas sehr eigensinnig und eigenwillig und hatte seine Probleme mit dem anderen Geschlecht. Seine Kindheit war nicht einfach und auch seine Ehe scheiterte, nachdem seine beiden Söhne früh starben. Vielleicht lag es auch daran, dass ich ihn erst viel später kennenlernte. Aber er war ein Genie, schon mit drei Jahren konnte er Klavier spielen und komponierte bald darauf seine ersten Stücke. Albert brachte ihn mit zu einem unserer liebgewonnen Hauskonzerte. Camille hatte etwas Melancholisches an sich. Er war zurückhaltend, zunächst, aber erfinderisch, was seine musikalischen Darbietungen betraf. Wie Albert war er an vielen verschieden Dingen interessiert und in gewisser Weise ergänzten die beiden sich prächtig. Shania hatte auch die besondere Gabe in ihren Gesprächen die Geister wach zu halten, die Themen zu vertiefen oder mit ihren scheinbar unschuldigen Fragen, sie zu neuen, ganz anderen Welten hinzu lenken. Anknüpfungspunkte waren auch öfters seine Reise durch die Vereinigten Staaten von Amerika, dem Land der unbegrenzten Möglichkeiten, wie Albert humorvoll, satirisch bemerkte und ein beliebtes Spiel war der Vergleich unserer Erinnerungen über die verschiedenen Reisen, Orte oder Erlebnisse in diesem Land. „Lasst uns baden im Meer der Erinnerungen," sagte Albert humorvoll, stichelnd und ich erinnere mich, dass auch Charles bei einem vorhergehenden Treffen äußerte, dass Musik ihn eintauchen lässt, eintauchen in dieses Meer, den Ozean der Erinnerungen, der Erfahrungen, der Bilder und Gedanken, die sich in diesem zerebralen Netzwerk der Neuronen der Synapsen, Axone, Dendriten und Ganglien gefangen haben und dass er nur durch dieses Meer der Erfahrungen, der beobachteten Erinnerungen, der erinnerten Aufzeichnungen, die Erkenntnis, die Einsicht über die Entstehung und die Vielfalt der Arten erhalten konnte.

Shania und ich wussten auch aus der Entwicklung von Kindern, dass Musik ein sehr wichtiges Element in der Bildung neuronaler Netze ist, das sie die Erinnerungsleistungen steigert, das Musik alle Regionen des Gehirns ansprechen kann, dass Musik stimuliert, trainiert und strukturiert, dass sich Neuronen neu verschalten und dass Areale sich besser vernetzen. Musik fördert den Spracherwerb und die Entwicklung des logisch-mathematischen Verständnisses und ist es nicht die Wesenheit des Genies, logisch zu denken, zu kombinieren, die richtigen Schlussfolgerungen zu ziehen, die Erkenntnis zu erlangen und sie auch zu äußern? Und ist es nicht die Wesenheit des Genies musikalisch zu sein?

Musik verbindet Menschen, emotionalisiert und inspiriert. Musik berauscht und heilt und stiftet Frieden.

Albert musizierte leidenschaftlich gerne. Selbst bei unserer ersten Begegnung, als Shania ihn mit zu unserer kleinen Teerunde brachte, hatte er, wie er sagte, rein zufällig seine Geige dabei, mit welcher er uns zu verzaubern verstand. Und war es nicht ein Höhepunkt, ein sinnlicher Genuss, in meinem Garten zu sitzen und den Klängen seiner Geige zu lauschen, die Seele berühren, die Fantasie spielen zu lassen, über die blühenden Landschaften zu blicken, über den unerschöpflichen Fluss, der ewig fließt, zu träumen, sich zu sehnen, zu staunen weit ins grüne Land, wie der Klang der Seiten die Sinne weckte, die Augen öffnete, für das Wahre, für das Wunderbare. Wie die schöne Melodie spielerisch den Reigen eröffnete, für den Halm im Winde, für die Biene, die emsig durch die Lüfte fliegt, für den Schmetterling, der plötzlich aus der Metamorphose erwacht, seine Flügel ausbreitet und wie von Geisterhand zu fliegen beginnt. Das ist Musik für mich. Das ist Liebe. Das ist die Auferstehung selbst.

# Etüde

Welche Kraft lenkt Millionen von Faltern über eine Reise von mehreren tausend Meilen? Es war das respektvolle Staunen und das Wundern über die vielen großen oder kleinen Fragen, die die Natur mir stellte. Es war das schier unvorstellbare Treiben all der unendlich vielen Teilchen, die im kleinsten bis zum größten Wesen agierten, die das Leben am Leben hielten, die unvorstellbare viele Formen und Variationen bot und von uns unbemerkt, im Hintergrund die Lebenszyklen am Laufen hielt. Makromoleküle, verästelte Atome, wie die Erbträger, die sich selbst reparierten, wenn ein Schaden entstanden war, die Fehler korrigierten und lernten sich zu wehren. Und auch der Körper lernte sich zu wehren. Lernte wie das Leben, wie die Natur, wieder das Gleichgewicht zu finden, reagierte mit ausgleichenden Maßnahmen und kämpfte mit noch trickreichern Mitteln mit noch raffinierteren Strukturen, die versuchten wieder Ordnung herzustellen.

Und doch kann es passieren, dass ein Fehler übersehen wird, dass ein Schaden irreparabel ist. Dann kann es geschehen, dass dieses innere Gefüge auseinanderfällt, dass die Ordnung und der Lauf der Dinge nicht mehr gewahrt bleiben, dass das Räderwerk zerbricht, zerfällt und überwuchert wird von dem entarteten Leben, das sich nicht mehr unterordnet, das sich nicht einfügt in die lebenserhaltenden Strukturen, das sich unkontrolliert vermehrt und alle Ressourcen selbst verbraucht und letztendlich den Untergang des Körpers, den Untergang des eigenen Lebens und dieser göttlichen, vollkommenen Schöpfung bewirkt.

# Vierter Satz  *doloroso*

Adam wusste nichts von diesem Kampf in seinem Körper, er ahnte, dass etwas Gefährliches mit ihm geschah, sah, wie ich die sorgenvollen Gesichter und noch heute spüre ich den Schmerz, der mich durchstach, sehe noch heute das Leid, das er erfuhr, die Gifte, die seinen Körper schwächten, die nicht nur die krankhaften Zellen zerstörten, sondern alle die in seinem Leibe wuchsen. Ich konnte seine Gedanken nicht lesen, aber seine Augen wurden ruhiger, in sich eingekehrt schaute er viel weiser, als hätte er mit seinem kindlichen Verstand das Leben schon erkannt. Als hätte er es erkannt. Er wehrte sich mit einem Lachen, wir wehrten uns mit hoffnungsvollen Spielen, mit Pax an seiner Seite, der ihn heiter stimmte, instinktiv zu helfen wusste. Wir spielten auf der Wiese und im Wald, auch wenn die Mutter uns zur Vorsicht mahnte. Adam begleitete mich mit unserer Mutter zur Schule und beide strahlten und schwangen die Hände, bevor ich in das Gebäude ging. Jede Minute war ein Vermögen, jeder Augenblick ein Glück. Weihnachten mit handgefertigten, weichen Wollmützen von Grandma, für uns beide, damit wir immer warme Gedanken hätten. Ich sehe uns noch in dem Bild mit Mützen und Sonnenbrille, die Hände in der Luft. An Halloween zogen wir von Haus zu Haus, von Tür zu Tür in der Straße, wo Grandpa und Grandma wohnten.

Trick or treat, trick or treat. Süßes oder Saures. Austricksen oder bedienen. Wir wollten bedient werden, wir wollten so wie immer sein. Die Tüten voll mit Süßigkeiten, die Herzen voll beglückt. Jeder Tag wurde zu einem Festtag, mit königlichem Frühstück, mit Musik, mit hide and seek. Wir wollten nicht los lassen, ich wollte nicht loslassen, jede aller Sekunden intensiv erleben. Wir hatten uns doch lieb.

Wir beteten für eine lange Remission, beteten das die bösen Zellen verschwinden würden. Gott war uns noch nie so nah. Wir lagen zusammen im Bett der Eltern, kuschelten wie in unserem Zelt auf unseren Reisen und wir lagen, gut beschützt in ihren Armen. Auch ich hielt meinen Arm fest um Adam herum und träumte für ihn von Engeln, die ihn heilen werden, von Schamanen, die das wundersame Heilmittel kannten und Geistern, die durch seinen Körper zogen und alles Böse verjagten. Wir kämpften Tag für Tag und rangen um die Zeit. Woche für Woche und Monat für Monat. Von der Schule, in die er nicht mehr gehen konnte, brachte ich Bilder mit, die seine und meine Mitschüler für Adam malten. „Get Well", schrieben sie und doch, die Krankheit kam zurück, die Zellen waren zu aggressiv, wie es der Arzt sagte, zu arglistig, gefährlich, heimtückisch, bösartig, schlimm, unheilbar tödlich.

Wir saßen auf der Porch, der Veranda vor dem Haus und frühstückten gemeinsam. Ein Ritual, das wir vorzugsweise am Wochenende und natürlich in den warmen Monaten des Jahres zelebrierten. Doch jetzt saßen wir auch im Herbst mit unseren bunten Jacken draußen und stärkten uns in der frischen Luft. Die Mutter hatte Rolls gebacken, Brötchen, so wie sie sie aus Deutschland kannte. Der Duft, der frisch gebackenen Brötchen lag verführerisch noch in der Luft und betörte meine Sinne, weil schon so manche Erinnerung mit dem Geruch verbunden war. Dazu die selbstgemachten Marmeladen, die Frühstückseier und für Adam ein extra großes Glas Schokoladenmilch, leicht angewärmt, so wie er es am liebsten mochte. Es war ein wundervoller Morgen, die Sonne brachte ihr Licht mit rotorangenen Wellen durch das Geäst und ließ die Wände des Blockhauses aufleuchten. Ein Licht, das Hoffnung ausstrahlte, das Leben spendete und Freude und Erwartungen weckte. Auch auf Adams Wangen und in seine Augen legte es etwas Sanftmütiges, etwas Versöhnliches in sein Gesicht, sodass ich ihn am liebsten hätte küssen und streicheln wollen. Es lag etwas Friedliches in der Luft. Die Vögel zwitscherten vergnügt und einige Zikaden eröffneten das Morgenkonzert. Sogar das Plätschern des Baches war zu vernehmen, ein hölzernes Knacken und das Rascheln der Blätter aus dem Wald, das Summen einer späten Hummel, die sich im Holz ein Nest gebaut hatte, die gedämpften Geräusche aus der Küche, ein kurzes Klirren, ein Zischen und ein Pfeifen, Klänge, die sich zusammen fanden und die ein bezauberndes Präludium eröffneten. Pax stand aufmerksam neben unserem Tisch und schaute aufgeregt durch die Stäbe hinüber zu der Wiese. Es waren die Rehe, die er entdeckt hatte, die auch wir zuvor gesehen hatten und auf die uns der Vater aufmerksam gemachte hatte. Sie zogen bedächtig durch die Wiese, weideten und schauten neugierig zu uns hin, so als ob sie wussten, dass von uns keine Gefahr drohen würde.

Und als ob ich wie ein Wunder mir erhoffen könnte, folgte ich mit meinen Augen den Tieren, folgte in Gedanken dem, von boshaften Hexenmeistern in ein kastanienbraunes Rehlein, verwandelte Brüderchen, mit dem ich fortan glücklich und zufrieden, wie in einer Märchenwelt lebte, es hegte und pflegte und bewachte, es sorglich hütete, damit ihm auch nichts Böses widerfahren konnte. Lebte mit ihm so viele Jahre abgeschieden, beschaulich, harmonisch, bewacht von Pan, dem Gott des Waldes und der Natur daselbst, in unserem himmlischen Heim, unserer Zuflucht in dem ewigen, unwandelbaren, lichten Zauberwald. Und über Äonen von der göttlichen Musik, von den Klängen der Panflöte bedächtig in eine gute Fee verwandelt, löste ich den bösen Zauber, der auf meinem Bruder lag und lebte fortan glücklich mit ihm bis an das Ende unserer Tage.

Es war so realistisch in meinen Gedanken, in meiner Fantasie, so wirklich, dass ich mich sehr erschreckte, in mich zusammenfuhr, als Pax unvermittelt zu bellen begann, obgleich der Vater ihn ermahnte, ihn mit seiner Hand den Kopf festhielt und ihn behutsam zu sich zog. Durch den Schrecken sind die Erinnerungen

geblieben, haben sich die Bilder und der Tagtraum in mein Gedächtnis eingegraben, sehe ich noch heute wie die Rehe ihre Ohren spitzen, wie sie aufhorchen, ihre großen, braunen Augen auf
uns richten und mit meinem Brüderchen von dannen flohen, ihn
mit sich nahmen, aus meiner Märchenwelt, aus meinem Leben.

## Etüde

Shania hatte auch eine Anzahl von Insekten, die mit einer Nadel auf einer weichen Unterlage aufgespießt waren. Sie sagt, sie
habe die Tierchen geschenkt bekommen, von einem Sammler. Mit
dem Binokular hatten wir deshalb die Möglichkeit, uns einige
schwarz glänzende Käfer und schillernde Schmetterlinge genauer
anzuschauen. Auch ein paar winzig kleine Wanzen und Fliegen
waren dabei. Wenn ich mich an die Fruchtfliege unter dem Binokular erinnere, denke ich, wie schrecklich einfach so ein wundervoll komplexes Leben ausgelöscht werden konnte und dass sie
jetzt in ihrer sterblichen Hülle vor mir lagen. Noch schmerzlich ist
mir der große Schmetterling in Erinnerung, welcher in unserer
Voliere tot am Boden lag, als wir nach dem langen Wochenende
wieder zur Schule kamen. Welche Tragödie, welch Drama muss
sich abgespielt haben, welche Verzweiflung ihn erfasst haben, als
er nach der Verwandlung nicht in die weite Welt hinaus fliegen
konnte, nicht seine Familie, seine Freunde und sein vorbestimm-
tes Leben begrüßen konnte. So jung und musste schon sterben aus
unserer Schuld. Der unruhige Geist, der nun in unserem Gewissen flattert.

Aber warum sterben wir überhaupt? Warum sterben alle höheren Wesen? Ich hatte gelernt, dass Bakterien und Einzeller potenziell unsterblich sind, dass sich über Milliarden von Jahren in den Ozeanen der Urzeit die Einzeller einfach teilten und es ja heute noch tun. Erst mit den komplexen Organismen kamen das Altern und der Tod. Der Tod als Anpassung an das Leben mit begrenzten Ressourcen, als Motor für Veränderung, als logische Konsequenz der terrestrischen Evolution in einem abgeschlossenen System.

Da waren wieder die Fragen, die mich beschäftigten, mich umtrieben, die die Neugierde weckten. Wann wurde ihm, dem Menschen, der Tod bewusst? War es nicht ein Innehalten, ein Wundern, was mit dem leblosen Gefährten war? Der einfach dalag, kein Laut mehr gab, kein Atmen, kein Hauch des Lebens von sich gab. Kein Odem, der durch seine Nase kam. Das Antasten der kalten, steifen Muskel, das Riechen der verwesten Teile. Die Stille, das Stumme, die Frage nach dem was ist geschehen? Warum bewegt er sich nicht mehr. Oder war der Tod dem Menschen schon bekannt? Das Wundern und das Nachdenken.

Und warum haben alle Kulturen ein Reich der Geister geschaffen, in dem die Toten weiterleben, in dem der Tod doch nicht das Ende ist, das immer etwas auch danach noch kommt, die Wiedergeburt, die Reinkarnation, die Auferstehung und wenn es auch in einem andren Wesen wäre. Warum sollten wir unsterblich sein und wenn es nur die Seele ist, die ewig existiert, die immaterielle Substanz? Das Körperlose, das Gedachte, das Geistige. Die ganze Weltanschauung, die Denkart, die Seelenwanderung nur ein Element der Fantasie? Warum war nicht einfach Schluss? Ist es das Wesen des Lebens, dass es Trauer kennt? Ist der Tod nicht eines der natürlichen Gewissheiten, das wir altern und gebrechlich werden und bald auch Platz machen müssen für die, die nach uns kommen. Weil das Leben es so eingerichtet hat, weil es dem Fortbestand des Lebens wichtig ist, dass neue Wesen entstehen können, das die Alten weichen müssen.

Und trotzdem gehen wir nicht spurlos fort. Wir leben im Geiste weiter und in den Stoffen, aus denen wir entstanden sind. Wir leben weiter in Büchern, in Bildern und in Skulpturen. Wir leben weiter in der Kunst und dem was wir geschaffen haben, in dem Nachlass und in den Memoiren. Wir leben weiter in den Geschichten, die wir uns erzählen, den Liedern, die wir singen, den Mythen und den Sagen. Die Epen der Menschheit wirken ewiglich und werden Zeugnisse der Zukunft sein. Und wir leben weiter, in der blutdurchtränkten Erde. Erde zu Erde, Staub zu Staub. Das konnten schon die ersten Menschen beobachten, wie der Körper zerfällt, wie er wieder eins wird mit der Erde. Doch wo bin ich, wenn ich Tod bin, wer gibt mir Speisen? Wer schützt mich vor den Feinden? Wohin gehen wir, wenn wir nicht mehr da sein werden? Diese Frage wurde dem Menschen bewusst und treibt ihn weiter um. Er balsamierte seinen Körper, er gab ihm Essen und Waffen, Krieger und Ehefrauen mit in das Grab und mit der Kraft der Fantasie erschuf der Mensch ein neues Reich, ein Himmelreich der lebenden Toten, ein neues Land, ein Land der unbegrenzten Möglichkeiten, in welchem wir uns alle wieder sehen sollen, als immer höhere, vollkommenere Wesen.

# Coda

 Das Leben ohne Adam war nicht leicht. Die Sandalen im Flur standen wie zur Erinnerung und blieben lange da. Der Vater stürzte sich in die Arbeit, verschwand in seiner Werkstatt und versuchte mit Musik die Geister zu vertreiben, die er mit Musik gerufen hatte. Ein unsäglicher Kreislauf der Gedanken und Gefühle. Adam starb in seinen Armen, er starb in seinem Schoß.

„Warum müssen Engel sterben?" fragte meine Mutter, fragten sich die Großeltern. Die Leere an unserer Seite, ohne den lieben Menschen, der täglich, der auf Schritt und Tritt in meiner Welt zugegen war. Die Wiese war ohne ihn nicht mehr die Wiese, der Wald nicht mehr der Wald. Auch wenn Pax mit seinem Stock das alte Spiel erneuern wollte, war es nicht das gleiche Spiel. Pax, der mich manchmal fragte, mit seinen Blicken fragte, wo denn Adam bleibt, und dann doch lebhaft weiter seinen angeborenen, leichtlebigen Naturen folgte. Ich schlief bei meiner Mutter, lag mit dem Kopf auf ihrem Arm, spürte ihren Körper und hörte ihr Herz schlagen. Ich konnte ihre Haut riechen und das leise Flüstern und Wimmern ihrer Lippen hören. Das Leid der Erinnerungen brachten sie fast um. Erinnerungen können tödlich sein. Dann schloss sie ihre Arme fest um meinen Körper und zog mich anhänglich an sich heran, legte ihren Kopf auf meinen Scheitel und roch an meinen Haaren.

Ich ging wie in einem Traum zur Schule. Alles war auf einmal fremd geworden. Das Lachen der Schulkinder im Pausenhof verhallte fast unbemerkt in meinen Gedanken. Die Bücher bestanden aus leeren, weißen Seiten, auf welche sich einige schwarze Buchstaben und Zahlen verirrt hatten, die mir nichts mehr sagen konnten, die keine Bedeutung mehr für mich hatten. Shanias tröstlichen, helfenden Worten konnte ich nicht folgen, meine Tränen nicht abwenden, die ich selbst im Inneren ihrer Augen sah. Wie in einer schönen, heilen Welt eingefroren, legte sich das ganze Leben wie ein Eisblock um mich herum. Bis ich eines Tages nicht mehr zur Schule gehen konnte, ich mich in Tagträumen verlor und meine Eltern mich zunächst gewähren ließen, ich mich in Adams Zimmer legte, mich in seine Decke einhüllte und zu schreiben begann.

Als Grandpa wenig später starb, waren meine Tränen verflossen. Ich stand abseits, teilnahmslos und suchte nach Gefühlen, die ich doch nicht fühlen wollte. In der Garage fanden wir eine Metallschachtel mit alten Briefen und Postkarten, die besagten, aus denen sich herbeileiten ließ, dass die Ahnen meines Vaters mit einem entfernten Onkel meiner Mutter verwandt waren, die Einwanderer, die meine Mutter vergeblich suchte. Ich weiß nicht wirklich, ob Grandpa davon wusste. Ich kann mich erinnern, dass er uns nach dem Poster der Burg Eltz fragte, als er in unserer Küche saß und welches er erstaunt und aufmerksam betrachtete. Auch in dem metallischen Behälter war eine alte, vergilbte Postkarte der Burg Eltz.

Wahrscheinlich war es kein Zufall, dass mir das gleiche Schicksal bevorstand, wie von Christa McAuliffe, der ersten Lehrerin im Weltraum. Zu wesensgleich waren unsere Leben. Die Schule, das Engagement, die Weltanschauung. Auch Judith Resnik, die Co-Pilotin, war eine Seelenverwandte vom mir, die mit Christa auf dem Flug ins Weltall ums Leben kam. Die Liebe zur Musik, die uns alle verband, die Neugierde, die Ambitionen, die Begeisterung für das Außergewöhnliche, die Überwindung konventioneller Dogmen, falscher Gebote. Das Bekenntnis zur Gleichstellung aller Menschen, ja aller Leben auf diesem Planeten und der Leben, die noch kommen sollen. Die Gewissheit der Unsterblichkeit der Seele, des Geistes, der sich über alles ausbreitet, alle Meere und Kontinente überspannen kann, der sich um alles legen kann, der alles erfassen kann, dem die Erkenntnis Freude macht, mit jeder

Stunde, mit jeder Sekunde dieses Lebens. Der Geist, der die ganze Zeit ausfüllt und der Wunsch, weiter in diesen Raum vorzudringen, der Raum, von welchem aus der lebendige, blaue Planet und das Leben zu sehen und zu erfahren war.

Es sollte mein erster Flug zur ISS, zur Internationalen Raumstation werden. Nach zahlreichen Bewerbungsschreiben, nach monatelangem Training, kam endlich der Tag, an dem das neue Raumschiff, die neue Spacecraft mich und uns in die Umlaufbahn, zur Raumstation und in den Weltraum bringen sollte. Der Countdown lief nach Plan, der Lift-Off war ein Bilderbuchstart, doch dann flog die Crew Dragon, unser Raumschiff, ungebremst davon. Kein Bremsmanöver war auszuführen, keine noch so kleine Richtungsänderung konnte eingeleitet werden. Die Technik hatte versagt, die Befehle der Computer wurden nicht ausgeführt. Der Drache flog hinaus in die Unendlichkeit des Weltraums. Der Blaue Planet verschwand im Dunkel des Raumes und ich hatte Zeit, sehr viel Zeit, über die Erde, die Menschen und das Leben nachzudenken. Ich hatte die Zeit, über unsere Zukunft nachzudenken und in meiner Fantasie wurde die Zukunft Wirklichkeit.

Ich habe heute alle eingeladen, die mir in all der Zeit ans Herz gewachsen sind. Shania, die mich schon als Lehrerin anleitete, die meine Tutorin und Mentorin wurde und mich mein Leben lang begleitete, die mir meine liebste Freundin wurde, hat mir auch diesmal bei den Vorbereitungen geholfen. Albert ist früher gekommen, wie immer mit seiner abgegriffenen Geige und ohne Socken. Er scherzt und albert, als wäre sein Name seine Berufung. Er steht im Flur unter dem Mistelzweig, der noch von Weihnachten dort hängt und lässt sich hofierend Küsschen geben. Christa und Charles kamen beide zur gleichen Zeit. Sie waren schon in wissenschaftliche Gespräche vertieft. Die kognitiven Fähigkeiten des Gehirns, wurden besprochen, und dass die innere Struktur des Gehirns wichtiger ist als dessen Größe und dass es deshalb so wichtig ist, gerade in der Kindesentwicklung das Gehirn mit geistiger Nahrung zu füttern. Und nicht nur dieser, dass auch gesunde Ernährung wichtig ist. Aber die geistige Nahrung in Hülle und Fülle anbieten, in einer kreativen Welt. Vorlesen und lesen, Gedichte lernen, die Welt erkunden, im Spiel das Leben kennenlernen, und viel Musik und das Sinnliche, das uns umgibt. Auch er habe viel von der Mutter Natur gelernt, die Schule war ihm verpönt. Seine Lehrmeister waren all die göttlichen Geschöpfe, die er auf seinen Reisen kennengelernt hatte. Wahrscheinlich hat Charles wieder das Thema Evolution aufgegriffen und die Entwicklung des Gehirns, um zu beweisen, dass wir alle einen gemeinsamen Vorfahren haben, dass die ganze Evolution zwangsläufig so ablaufen musste, wie sie es tut, weil alles ein Ebenbild oder eine Anpassung an die Gegebenheiten, an die Naturgesetze sei und diese in der kosmischen, allgegenwärtigen Unvergänglichkeit gespeichert wären. Aber als er damals mit seiner Theorie von der Abstammung des Menschen an die Öffentlichkeit ging, dass Menschen und Affen gemeinsame Vorfahren hätten, waren nicht wenige Menschen erbost oder haben sich über ihn lustig gemacht, denn schließlich war der Mensch von Gott erschaffen worden. Diese Weltanschauung von Gott dem Schöpfer der Sonne, der Sterne und der Erde und allen Lebewesen und der auch Adam und Eva erschaffen hat, wurde schon viele Jahrhunderte so gepredigt und von den Kirchen schamlos ausgenutzt, um ihre Machtstellung und die der Klerikalen zu etablieren und zu schützen. Ungläubige und Ketzer wurden grausam verfolgt, ganze Länder und Zivilisationen im Namen der Kirche und ihren weltlichen Repräsentanten, erobert und unterdrückt.

„Aber ist das nicht auch eine Form der Evolution?", fragte Shania in die Diskussion. „Ist nicht die Geschichte der Menschheit und all ihre Auswirkungen, ein Teil der Evolution? Der Stärkere setzt sich durch."

Wir saßen mittlerweile im Wohnzimmer vor dem großen Fenster und hatten es uns gemütlich gemacht. Shania saß zur rechten Seite von Albert und schaute ihn fragend an. Albert zögerte einen Moment, so wie er es öfter tat, wenn er angestrengt nachdachte. Seine Augen waren geschlossen, dann rückte er seine Pfeife von einem Mundwinkel zum anderen und zog die Augenbrauen nach oben. Schließlich begann er leise und gedankenverloren zu sprechen und meinte sodann, „dass jede unserer Handlungen, eine Auswirkung auf das Ganze hat, und dass die Erkenntnis einer kosmischen Harmonie und ihrer Gesetzte uns ermahnen sollte diese Gesetze zu beachten und obendrein daraus auch unsere moralischen Handlungen zu rechtfertigen. Nicht der Stärkere wird überleben, sondern der Klügere, der Mensch, der die kosmische Harmonie, das Gleichgewicht aller Wesen und Dinge erkannt hat, der das Verständnis erlangt hat, danach zu handeln, das Gleichgewicht zu bewahren, der die Schöpfung und das Leben schützt und sich diesen natürlichen Gesetzen anpassen kann."

Die kosmische Harmonie, die Gesetze der Natur, vielleicht war es das, was mir die Musik begreiflich machen wollte, was sie mir zu verstehen geben wollte, mit ihren Klangfarben, ihren Tönen, den Schwingungen, der vielen, unterschiedlicher Instrumente unendlicher Reigen. Vielleicht ist es das, was die Stimmen des Wassers im Fluss, im Rauschen der Wellen sagen wollen, die Stimmen aus den Mündern der Wirbel im Strom und der anschlagenden Brandung. So wie die feurigen Stimmen der Flammen, wie das Züngeln des Feuers an den Hölzern, wie die Steine und der Sand am Strand, die in den Fluten der Wellen zu sprechen begannen. Dieses einfache Lied, das mir in der Sprache der Natur gesungen wurde, das mich in ihr auflöste, in ihr schweben ließ, das mich vollendet fühlen lässt.

Ich lauschte weiter was Albert zu sagen hatte über die Ordnung des Universums und die Unordnung des menschlichen Verstandes, über den mysteriösen Gott, der sich in der Natur zum Ausdruck bringt. Waren das nicht die Erkenntnisse meiner Reisen, die Erfahrungen der indianischen Mythen, war es nicht dieser Geist, der in allem steckt, das Rauschen der Schwingungen der elementarsten Teile, die uns alle verbindet? Ist es nicht dieser Klang, diese Melodie, dieses Konzert der Elemente, die das Leben lebendig macht, das Wasser sprudeln, den Wind wehen, die Erde beben lässt. Den Duft der Blüten, den Gesang der Vögel, das Sehen, Hören, Riechen, Fühlen, die unser Denken möglich macht?

„Dies ist der Beginn einer kosmischen Religion," höre ich Albert bedeutungsvoll sagen, „Freundschaft und menschlicher Dienst werden eine moralische Vorgabe, ohne solch moralische Grundzüge sind wir einem hoffnungslosen Untergang geweiht."

Nicht nur die Freundschaft denke ich, nicht nur dem menschlichen Dienst. Eine kosmische Religion muss dem Kosmos dienen, muss der kosmischen Harmonie die moralischen Grundlagen geben, die Basis für ein Leben, das alles und alle umschließt. Das Gleichgewicht der Sphären anerkennt und alles tut, um es zu erhalten, alles tut, um es nicht zu gefährden.

Mike ist zu uns gekommen. Nach all der Zeit hat er sich sehr verändert. Er ist nicht mehr so schwermütig und er ist viel zufriedener geworden. Den Namen Buonarroti will er nicht mehr hören und Michelangelo findet er hier unpassend. Er habe jetzt schließlich das Ende erreicht oder gefunden, wonach er sein Leben lang gestrebt hatte. Er habe Gott gefunden und Gott hat der Hoffnung einen Bruder gegeben und der heißt Erinnerung. Das Denken, das Nachsinnen, das Wundern. Jedes Lebewesen ist ein Wunder. Jeder Stern, jedes Gestirn und all die kosmischen Mysterien. So wie die Gefühle Wunder sind und auch die Künste. Er habe schon immer gewusst, dass die Kunst nicht irdischen Ursprunges ist, Kunst ist materialisierter Geist, Liebe in Marmor gehauen, auf Leinen gemalt oder in Worte und Musik gebannt. So wie viele andere unserer Lebensgefühle. Und in diesen Werken werden die

Menschen sich immer seiner Erinnern, werden seine Gefühle nachempfinden können und die Kunst wird den Menschen näher zu Gott bringen. Aber solches werden sie erst erkennen, wenn sie gestorben sind.

Christa und Shania sehen lächelnd zu Mike hinüber und blicken verständnisvoll in die Runde. Es ist die Erkenntnis aller die hier leben, es ist das Bewusstsein an sich, das in sich und in allem göttlich ist und nur darauf wartet sich zu entfalten, der Metamorphose gleich, in Fantasie sich umzuwandeln, die Fantasie, die alles bewirken kann, die alles schaffen kann, die den Raum und die Zeit überwinden kann, denn deine Fantasie bringt dich überall hin. Nur deine Fantasie kann auch den Tod überwinden. Nur in der Fantasie kannst du weiterleben.


Ach, das hätte ich fast vergessen. Camille hatte eine Harfe mitgebracht beziehungsweise bringen lassen und hat es sich sehr bequem und gemütlich in meiner Leseecke gemacht. Das dezente Licht der Stehlampe, die übrigens noch vom Arbeitszimmer meiner Mutter entstammt, ebenso der praktische Schreibpult, an dem ich schreibe, strahlt Wärme und Geborgenheit aus. Der kleine, runde Beistelltisch mit einem Glas Portwein an seiner Seite, die schlichten Farben seiner Kleidung, sein mildes Lächeln, geheimnisvoll, voll Rätselhaftigkeit, wie aus einem stillvollen Gemälde saß er da und schaute neugierig und interessiert zu uns herüber. Ich schaute fragend in die Runde und ohne viele Worte zu machen, nein, ohne Worte, nur mit einem Räuspern, ein Hüsteln und ein Säuseln, mit einem lieben Schnalzen mit der Zunge, blickten wir abwartend auf Camille, der zum Dank den Kopf leicht senkte, die Harfe in ihre Position brachte und mit geschlossenen Augen zu spielen begann. Nach kurzer Zeit hielt er inne, räusperte sich nun seinerseits und schaute erwartungsvoll auf Albert. Dieser holte tief Luft, die er durch die Nase geräuschvoll ausblies, der Hauch des Lebens, so als wäre es ihm soeben recht unangenehm oder peinlich, stand dann aber auf, in dem er mit beiden Händen tatkräftig auf seine Beine schlug, holte nun seinerseits die Geige, um sich an Camilles Seite zu stellen. Fantasia. Ein virtuoses Stück mit einer magischen Klangfülle, ausgewogen und charmant, welches die Beiden einstudiert hatten und uns nun zum Besten gaben. Ich hörte mit geschlossenen Augen zu und ließ mich von den Klängen tragen, hörte nur die Schwingungen, das auf und ab der Töne, die wechselnden Themen und fand bald darin meinen Frieden, den Gleichklang der Gedanken.

Wenn ich Musik höre, kommt meine Seele zur Ruhe. Ich höre in ihr die Botschaft Gottes, die Botschaft des Universums. Ich höre den Klang der Zeit, bis hinab in die Geschichte vom Anfang, vom Heute und vom dem was kommen mag. Ich höre den Klang der Dinge, des Wassers, des Windes und der Erde. Ich höre den Gesang der Bäume, der Pflanzen und der Tiere, ich höre ihn durch die menschlichen Kathedralen, durch die Kunstwerke, durch die Gemälde der Endlosigkeit und durch das geschriebene Wort. Meisterhafte Kompositionen, voll der Schönheit Gottes, voll der Freude und der Freunde.

Als Albert und Camille dann noch eine Sonate Mozarts begannen, Camille hatte zu meinem Klavier gewechselt, blieb für mich die Zeit stehen, ich folgte nur noch dem Fluss der Töne. Der Raum öffnete sich und war auf einmal nicht mehr da. Das Absolute war vergangen. Die Zeit war nicht mehr da. Der Wechsel zur Weltharmonie, der Harmonie des Alls vom echten physikalischen Sein war vollzogen, die Metamorphose des Verstandes zur Imagination. Eine neue Quelle der Kunst tat sich auf und aus ihr wollte ich trinken, ihr wollte ich folgen, dem Wasser des Lebens, der Welt der Gedanken, der Welt des Denkens, der Kraft der Imagination.

Es war dann ein Bellen, ein süßes, altbekanntes Bellen eines Hundes, es war dann Pax, der mich aus meinen Träumen weckte. Mein lieber Pax, der mir treu zur Seite war, der mir immer, überallhin folgte und mir ein seelischer Beistand wurde. Er bellte sein frohes, wachsames Bellen, das liebe Jauchzen des Begrüßens und des Erkennens, das mit dem lebhaften Wedeln seines Schwanzes begleitet war. Er, der sein Kommen schon weit vor mir verspürte.

Ich höre Schritte auf der Treppe und vor dem Haus und eile zur Tür, der Schwingtür hinaus auf die Porch, die ich voller Vorfreude aufreiße.

„Hallo Emily! Wie geht es denn meiner großen Schwester heute?"

„Gut, sehr, sehr gut."

Ich umarme meinen Bruder und flüstere ihm ins Ohr:

„Ich liebe dich. Ich liebe dich so sehr."

„Ich liebe dich auch Emily."

# Epilog

Begriffliches, theoretisches oder auch abstraktes Denken ist das höchste Gut des Menschen, das er der evolutionären Entwicklung des Gehirns, eines neuronalen Netzwerks verdankt, das seine Anfänge schon in den ursprünglichsten Zellverbänden hat. Doch aus der Notwendigkeit der Organisation, der kontrollierten Systemreglung und der Reaktion der Organismen auf die Umwelteinflüsse, geht die Entwicklung weiter zu Fähigkeiten, die weit über das unmittelbare Überleben und der Anpassung an die unterschiedlichen Lebensbereiche der Organismen hinausgeht.

Die Vorstellungskraft des Menschen ist eine dieser Fähigkeiten, die nach der oder mit der Bildung des Selbstbewusstseins und des begrifflichen Denkens, einen entscheidenden Einfluss auf die Entwicklung des Homo sapiens bedingte. Die Fantasie ist die Grundlage aller Künste, sie ist der Grundstein mythischer, religiöser und philosophischer Dogmen, Theorien oder Lehren.

Mit der Fantasie, mit der erworbenen Kraft der Vorstellungen, kann der Mensch auch Träume und Erinnerungen weiter geistig verarbeiten. Erinnerungen, als Teile eines erworbenen Lernprozesses, die mit Hilfe der Fantasie zu neuen Erkenntnissen und Erfindungen aber auch zu neuen geistigen Welten führen kann.

Es sind die Erinnerungen, die unser Leben ausmachen. Sie müssen wir hegen und pflegen. Die Geschichten erzählen und weitergeben. Wir müssen sie aufschreiben und in Lieder verwandeln. Wir müssen sie in Marmor meißeln und auf Wände malen. Wir müssen sie in unserem Geiste weiterleben lassen, der Geist, das göttliche Axiom, dem wir uns verschreiben sollten, der uns die Kraft der Vorstellung gegeben hat, mit welcher wir durch die Räume und die Zeiten der Zukunft fliegen können, die nie so real ist, wie in unserer Fantasie.

## Weitere Bücher von Ernst Ludwig Becker im Buchhandel erhältlich:

## Los Molinos del Rio Aquas

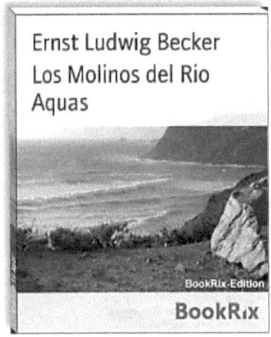

Das Buch handelt von der Geschichte eines Mannes, der seine Frau und Familie verlässt, um im Süden von Spanien, in Los Molinos del Rio Aquas, in einer alternativen Lebensgemeinschaft dem Leben erneut auf die Spur zu kommen. Es geht um Nachhaltigkeit, soziale, wirtschaftliche und politische Themen und um den Erhalt der maurischen Terrassengärten. Es geht um das Leben in dieser Region und um zwischenmenschliche Beziehungen.

## Wider die menschliche Vernunft

Der Mensch ist ein vernunftbegabtes Wesen. Warum lebt er nicht vernünftig? Warum schädigt er sich und fügt Schaden an seinen Mitmenschen an und bringt sogar das ganze globale Ökosystem in Gefahr?

Sebastian Waindinger, ein pensionierter Biologielehrer aus Frankfurt, ein politisch engagierter Mensch, macht sich seine Gedanken darüber. Er sieht das biologische Gleichgewicht unseres Planeten in Schieflage, durch die Art wie die Menschen wirtschaften, wie sie die Ressourcen verschwenden und dass sie naturwidrig lange Leben und sich maßlos vermehren.

Das Leben von Sebastian Waindinger ist nicht ungewöhnlich, aber es ist bemerkenswert. Lesen sie seine Geschichte.

# Papperlapapp

Geschichten, Gedichte, Sprüche, Lieder, Bilder

Wenn der Himmel die Erde küsst.

Von Melancholie und Revolution ist die Rede und vom Blauen Planeten.

Vom Meditieren auf fliegenden Teppichen,

biologischen Wundern und dem Wind.

Liebe, Freundschaft und Kinderaugen.

## Heilige Corona, steh uns bei!

Der Autor beschreibt in seinem neuen Buch seine ganz persönliche Lösung gegen das Corona-Virus: Lachen. Das ist bekanntermaßen nicht nur gesund, sondern kann uns auch bei der Bewältigung der Krankheit helfen. Denn solange es keinen Impfstoff gibt, ist die Stärkung unseres Immunsystems eine der wichtigsten, individuellen Möglichkeiten, der Krankheit die Stirn zu bieten. Und beim Lachen werden rund 300 Muskeln angespannt, allein 17 davon im Gesicht. Lachen führt zu einer schnelleren Atmung, mehr Sauerstoff, mehr Stoffwechsel, mehr Antikörpern und nicht zuletzt zu  mehr Lebensqualität. Gesundheit ist in der Corona Krise das Wichtigste! Das denkt sich auch der Autor und schreibt über seine Erlebnisse während des Shutdowns mit den Blutsverwandten, mit den Freunden und dem Rest der Welt. Lachen ist sogar gesund, wenn er in keiner Krise steckt, stellt er erleichtert fest.

Zeitfracht Medien GmbH
Ferdinand-Jühlke-Straße 7
99095 Erfurt, Deutschland
produktsicherheit@kolibri360.de